河出文庫

黒冷水

羽田圭介

河出書房新社

目次

黒冷水

なにが出るかな、なにが出るかな。

コサカイさん風にはしゃいでしまう。いかんいかん。

今日はわざわざこのために部活をサボって帰ってきたのだ。

修作《しゅうさく》は、はやる気持ちを抑えながら、ドアを静かに開けた。


兄の部屋の中にはだれもいない。さっき調べたが、リビングにも兄のカバンらしきものはなかった。もちろん、玄関に革靴もなかった。いつだったか、兄にフェイントをかけられて危ない目に遭った。靴を持ってトイレに隠れていたのだ。だが今日は大丈夫。兄の正気《まさき》は、久しぶりの部活で夕方六時過ぎまで帰ってこないと、今朝母に言っていた。さすがにこの季節になると、日が落ちるのが若干、早くなる。部屋の蛍光灯を点《つ》けてはならないため、作業はできるだけ迅速に行う必要がある。

まずは机の引出しの取っ手に手を掛ける。

約一ヶ月ぶりなのだ、王道の「机の引出し」から開けるのが礼儀、あるいは正統な儀式というものだろう。

修作は期待を隠せない。

取っ手を摑《つか》んでゆっくりと引く。引出しの中が露《あら》わになった。その引出しの中身を舐めまわすように見る。まず目に飛び込んできたのは……、画用紙、原稿用紙、ポストイット、セロハンテープ、コースター。当たり障りのないものだけだ。

中間試験の勉強などで、兄の正気はここのところ学校以外の時間、ずっとこの部屋にいた。侵入する隙など片時もなかった。テストが終わった直後である今、兄はストレス発散のためにあちこちに出かけるはずで、そうなると一時的にではあるが、侵入するチャンスは訪れる。案の定、今日も兄は部活に出かけた。

あらためて引出しの中を見まわす。修作が小学四年生の頃、つまり三歳年上の兄が中学一年になった頃のある日、いつものように何気なしに開けてみたら突然、女の裸が写っている表紙が目に飛び込んできたものだから驚いた。修作が〝部屋あさり〟の回数を、月に数回から週数回に増やしたのはその日からだ。

エロ本が、引出しを開けたらすぐ目に飛び込む、という状態から脱するまで二年の月日が流れた。ある日修作は期待して引出しを開けた。だがエロ本が見当たらなかったので、すべて処分したのかとも考えたが、画用紙がやけに盛り上がっている。透明のビニール袋から画用紙数十枚を取り出してみる。パラパラとめくると思ったとおり、エロ本は画用紙と画用紙の間に挟まれていた。

もっと考えて隠せよな。そう思って優越感に浸っていた期間もつかの間、今度は机の中には滅多にエロ本が置かれることはなくなってしまった。

そのときから修作は、部屋全体をあさることにした。

きっと今日も中央の引出しにはなにもない。メインディッシュはこれからだ。

修作は机の支えとなっているサイドラックの上から三段目、一番下の大きい引出しを引いた。

古い新聞、いくつものファイル等がぎっしりと詰められている。これは手間がかかる。それと同時に、手間をかけるだけの収穫があるのがここの引出しだ。ものが密集している分隠しやすいのだろう、兄は様々なものをここにしまう。それも、見られたらヤバイものを、だ。

修作は慎重に新聞を抜き取り、しまってあった順に床に重ねていった。この作業を怠るとあさった痕跡が残ってしまい、兄にまた警戒される。元通りにすることだけは忘れてはならないのだ。これはプロのあさり屋の鉄則だ。そう考えて修作は〝あさり屋〟というのも変だと思い笑った。だれもいない部屋に乾いた笑い声が吸収される。消えかけている夕陽に照らされた埃が静かに舞っている。

やけに重い朝日新聞の朝刊を手に取った。

ビンゴ！　きっと中にはなにかが挟まっている。今日さっそくの収穫だ。開いてみると、青い表紙が目に映った。修作はわざと目をそむけ、新聞のラジオ・テレビ欄を眺めた。己を焦《じ》らせておいてから獲物をあとでじっくりと堪能するというのが、修作の至福の時だ。

数分経っただろうか。修作はテレビ欄の十二チャンネル、深夜の「丸秘ラボ」という意味不明の番組に目をやったあと、その新聞を脇にどけた。血走った目で獲物の表紙を見る。

『エクスタス～特集・六本木美女の○○な姿』

なるほど、これはどうやら新しいものだ。修作はこの獲物を初めて見た。兄はこれをどこかで拾ったか、よっぽど気に入って新品で買ったのだろう。修作は手の脂を長そでシャツで拭き、ページを折り曲げないように慎重に本を開いた。全裸女の写真と水着女の写真が入り乱れている。変わった編成だ。

美形好みだからな。さすがに数年間も部屋をあさっていれば、兄の女の好みくらいはわかる。エロ本からの判断だが、水着だけの本を所持しているところからして、顔が美しければ裸でいようがいまいがどっちでもかまわないらしい。しかも日焼けギャルっぽいのは駄目らしく、色白系の女が写っている雑誌が多い。修作はといえば、肌の浅黒い女が一番の好みだから物足りない気もするが、別に色白でもかまわない。修作は『エクスタス』を置いて、さらに新聞紙の束を掻き分け始めた。不必要な古新聞紙の中からエロ本が出てくる快感。これをまさにお宝発掘と言うのだろう。修作は根気強く、それでいて新聞紙を破かぬように、丁寧に作業を続けた。

Ａ４サイズの封筒を見つけた。卓上電気スタンドで照らして透かそうとするが、何だかわからない。厚みは七、八ミリだ。口がしっかりと糊付けされており、完全に閉じてある。

修作はお得意の手段を使うことにした。お得意の手段、といっても、ただ時間をかけて丁寧に糊付けしてある部分を剝がすだけなのだが、この作業も慎重にやる必要がある。特に、糊しろの端の部分に不自然なしわや破れがないようにしなければならない。糊しろの中のほうの部分など、どうせまたあとで貼り直してしまえばわかりっこないのだ。ただ、端だけは問題だ。兄は糊付けしたあと、強い力で圧迫するらしく、はみだした糊に付着した汚れがいつも封筒に残っている。一度剝がしてしまうと、その汚れの部分に沿ってまた一ミリの狂いもないように貼らなくてはならない。修作は糊しろを斜めに、均等に力を入れて半分ほど剝がし終えた。

一旦、作業を止めてスタンドで照らしながら封筒の中を覗いてみる。中にはまた一回り小さい封筒が入っていた。

そこまでして見られたくないものなのかよ。

修作の気持ちは高ぶった。今日は大きな収穫を得られそうだ。しばらくあさっていないうちに、こんな秘密指数Ａ級の獲物が隠されていたとは。机やサイドラックだけじゃなく、本棚、ダンボール、カバン、他のポイントもすべてチェックする必要がありそうだ。時間を置けばその間に収穫するものが溜まるというのは、農業かなにかに似ているような気がする。兄、正気は自分のこの中毒的楽しみのために、日ごろからせっせとこの空間に秘密をちりばめてくれる。少しは自分のことを疑っているのだろうが、それでもあさっているうちの十分の一も気付いていないはずだ。その確信はある。俺は部屋あさりのプロなのだ。ミスなどしない。その証拠に、こうして封筒が無防備に隠されているのだ。まさか、封をした封筒の中身まで見られるとは思っていないらしい。甘い考えだ。おまえが本当に隠し通したい秘密なども、すべて俺が暴いてやる。そう思いながら修作は作業を続けた。

一つ目の封筒を開け終えた。左端から剝がしていったため、右端から五ミリほどのところに軽いしわができてしまったが、そんなものは許容範囲だ。兄は、自分でつけたしわだと思うだろう。

中から二つ目の小さい封筒が現れた。また透かし見ようとするも、何だかわからない。『エクスタス』より見られたくないもの、といったらいったい何なのだろうか。とにかく確かめてみなければわからない。さっきと同じように、修作は細部にまで神経を行き届かせながら糊しろを剝がし始めた。

時計を見た。四時五十分。兄が帰ってくるまでには、少なく見積もってもあと一時間十分ほど残されている。一つ目の封筒を開けるのに十分かかったから、この小さい封筒を開けるのには八分かかるだろう。『エクスタス』のお世話になる時間と、これらの封筒の修復作業時間を考えると……まだ余裕はあるが、他の場所をあさる時間があるかどうかは疑わしい。プロならばバレてはならない。常に時間的余裕をもって行動しなければならない。

修作は一度も中を見ないまま、ついに糊しろ部分すべてを剝がし終えた。途中で中身を見なかったのは、やはり楽しみを残しておきたかったからだ。修作は封筒を手にしたまま伸びをした。そしてすぐに机の上に封筒を置き、中身をゆっくりと取り出した。

雑誌のグラビアの切り抜きが十数枚も出てきた。特にだれそれと決まっているわけでもない。少し期待外れに思ったが、修作は虹色に光を反射している硬質のものを、切り抜きの間に見つけた。CD－ROMだった。コピーしたものらしく、ラベルやタイトルなどはどこにも見当たらない。気になるが、じっくりとチェックする時間がない。

だが途端にひらめいた修作は兄のパソコンの電源スイッチを入れた。CD－ROMをCD－Rにコピーする機能をもったドライブは、家の中では兄のパソコンにしか備わっていない。約一分の起動時間を経て、修作はマウス操作でCDコピーソフトをクリックした。ドライブに正体不明のCD－ROMを入れ、コンピュータに合計コピー時間を調べさせる。

読み込み十分　書き込み十五分

なんとか間に合う時間だ。修作は急いで「コピースタート」をクリックした。CD－ROMといえば、今まではエロ動画の入ったCD－ROMが、三十枚収納可能なハードケースに収められたまま、なんでもないようなところに隠されていたのに。わざわざ一枚だけ厳重に隠すとは、一体何なのだろう。エロ動画ではないとすれば、見られてはまずいものなど他に存在するだろうか。

CD-ROMをコピーしている間に、修作は次のあさりにとりかかった。どこをあさろうか迷ったが、元通りにする作業の簡易さを考え、ラック類やタンスに決めた。本棚をあさるとなると、元通りの配置にするのに手間がかかる。細部までこだわればこだわるほど、かなりの時間を要する。

スケルトンカラーで縦に細長い五段式の収納ラックをあさることにした。スケルトンカラーで中が丸見えだというのに、時折兄はとんでもないものをしまっていたりする。外から丸見えだからだれも引出しを開けてチェックするとは考えていないのだろう。大抵、オーディオのプラグや何だかわからない部品にまぎれて、獲物が上手《うま》い具合に隠れていた。この五段式ラックの獲物回転率は速く、定期的なチェックを怠ると、せっかくの新しい獲物を逃してしまう。修作が調べた限り、兄の友人たちからの預かりものが多い。兄が借りたのか、それとも友人たちが兄に預かってくれと頼んだのかは知らないが、ゲームソフトからアダルトビデオまで常に新しいものが置かれている。

今日の獲物は何だろうか。一番上の引出しを引く。MDウォークマンの充電器、単三ニッケル水素電池の充電器、デジタルカメラ、シーブリーズローション、イヤフォン。使う頻度の高いものしか置いていない。まあそんなものだろう。

二段目の引出しを引く。ここは怪しい。CD-Rのケースに紛れて、秘密のCD類が置いてあったりする。だが秘密のCDだと思っていたものが、コピーを失敗して使えなくなったCD－Rだったりもする。見つけたCD－ROMはすべてチェックする必要があるのだが、今日はそんな時間はない。兄のパソコンだって、今は別の作業中なのだ。気になるのは一枚だけあるTDK社製のCD－Rだ。CD－Rは十枚単位で買うのが普通なので、だれかから借りたか貰ったものなのだろう。また別の機会にチェックすることとして、引出しを元に戻した。三段目を開けた。ここが最も隠すのに適している。壊れたウォークマン、イヤフォン、様々な種類のケーブル、なにかのアダプター、取扱説明書、MDウォークマンの箱。修作は箱に目をつけた。手にとって振ってみると、なにかが入っている音がする。とりあえず開けてみた。中からはプラスチックのカードが出てきた。

YZ90ST定数TA9ZY

意味不明の文字群が、マジックで書かれている。これは一体なんだ、暗号かなにかだろうか。「T定数T」というのと、はじめと終わりの「YZ」、「ZY」というのが気になる。きっと法則性があるに違いない。修作は頭を働かせて考えたが、なにも思いつかない。ひょっとしたらなにかのパスワードかもしれない。

修作はパソコンに目をやった。そうだ、これはパソコンの中のなにかのファイルを開くためのパスワードなのだ。それもわざわざ、プラスチックカードに控えておかなければならないほどの。修作は、この部屋から和室を挟んだところにある自分の部屋までカードを持っていき、メモ用紙に文字列を書き写した。念のため、もう一回書き写す。これでよし。修作は兄の部屋に戻り、箱の中にプラスチックカードを戻した。ケーブル類をどけてから、なにかの取扱説明書を取って大きく振った。なにも落ちてこない。今日はこの段には大した獲物はないようだ。けれどもさっきのプラスチックカードの文字列が、後々重大な役目を果たすであろうことは間違いない。四段目の引出しを調べる。アウトドア用品、旅行用品がごちゃ混ぜになっている。サバイバルナイフが鞘から出ていて修作は危うく指を切るところだった。ライターや携帯食糧、軍手、サングラス、フィルム、歯ブラシ、キャンドル……数え上げればきりがない。しまってあるものの量は多いが、小物ばかりなので隠しにくいらしい、この段にはなにもなかった。

一番下の段を開ける。ここにもアウトドア用品がぎっしりと詰まっている。マウンテンバイクの修理道具、予備の二十六インチチューブ、靴用レインカバーの試供品、シュノーケル……。サドルの後ろに取り付けるサドルバッグが気になった。修作はそれを手に取り、ファスナーを開けた。Y字型の用途不明のプラスチック製品とセメダインに隠れて、フィルムケースが怪しい雰囲気を放っている。それをつまんで目の上に掲げてみる。中に紙切れかなにかが入っているらしく、修作に対して「読んでください」と語気を強めて言っているようだ。修作は意外と硬いフィルムケースの蓋を、三本の爪で開けた。

中に入っていた紙切れは四つ折りに畳まれたあと、巻かれていた。それを広げてゆく過程で兄の自筆の跡が見えたとき、修作は鼻息を荒くした。なんだなんだ、また兄の〝恥ずかしい思想〟が垣間見られるのか。

けれどもそう期待通りに物事が進むはずもない。修作が見たそれは、ただの請求書だった。おそらくキャンプ先などで友人たちと金の貸し借りをしたときのことをメモしたものだろう。クソッタレ、期待させやがって。修作は腹立たしくなり、フィルムケースを元に戻すと荒々しく引出しを叩いて押し戻した。

時間はあとどれくらいだ、と気になったところで、玄関の方から金属的なカチャカチャという音が聞こえた。修作は体を凍りつかせた。よく耳を澄ましてみる。家の前の表門の扉を開ける音だ。何故なんだろう。

マズイ。まだCD－ROMのコピー中だというのに。帰ってくるのが母だったら問題なしだが、兄だったらもうお終《しま》いだ。家に入ってくるなりすぐに二階で起こっている異変を察知するはずだ。兄はそういうことに関しては憎々しいほどに長《た》けている。修作は覚悟して、兄のパソコンのCD－ROM取り出しボタンに指を合わせた。ディスプレイを見ると、「読み込み時間……あと〇・五六分」とある。パソコンのシステム終了にかかる時間も考えると、今すぐCD－ROMを取り出して「Windows の終了」をクリックしたほうがよいのだが、こんな機会は滅多にない。電源を切ったあとで、帰ってきたのが母だとわかったら随分と悔しい思いをするだろう。

部屋を眺める。第一、『エクスタス』や新聞紙、開いた封筒が散乱してしまっているこの状況は最悪で、とてもすぐに元通りにできるものではない。母だったらセーフ、兄だったらすべて見つかり、アウト、だ。この作業を隠し通すことよりも、兄に見つかったときの言い訳を考えておいたほうが賢明だろう。

金属音がしてから数十秒経った。だが異変なしだ。おかしい。修作は窓からそっと下をうかがった。すると、向かいの家の門扉が開きっ放しになっているのが見えた。その家には小学生の兄妹がいる。二人のうちのどちらかが家に着くなり乱暴に門扉を開けて、そのままテレビの前に向かうなりしたのだろう。

修作は安堵した。よかった、ウチじゃなくて。緊張していたのか、舌に渇きを覚える。CD－RWドライブから例のCDが排出された。ディスプレイには「ライティングCDをドライブにセットしてください」と表示されている。修作は自分の部屋に戻り、二十枚まとめ買いしたCD－Rのうちの一枚を取り出した。それを急いで兄のパソコンのドライブに入れる。ウイーン、カシャ、ビュンビュンというCDの回転音と共に、書き込み作業が始まった。CD作成終了まであと十五分だ。

さてどうしよう、残りの時間はどう使おう、と考えるまでもない。とりあえず封筒だけでも元通りにしておかなくてはならない。修作は読み込みの終わった謎のCD－ROMを小さい封筒にしまおうとした。

はて、だれとだれのグラビアの間に挟まっていたっけ？

やってはいけないミスを犯してしまった。思い出せない。CD－ROMを見つけたことに興奮して、そんなことには注意を払っていなかった。獲物の配置関係を覚えていないとは、相手が兄だけに痛過ぎるミスだ。ことによったら、封筒まであさっているとバレてしまう。

修作は悩んだ挙げ句、十四枚の切り抜きの真ん中、七枚目と八枚目の間にＣＤ－ＲＯＭを挟んだ。隠す側の心理からしても、真ん中に隠すのがごく自然だと思われたからだ。兄の机を開け、強力スティック糊を取る。文房具を他に確かめてみるが、他の種類の糊はない。兄が使った糊も、おそらくこれだろう。

修作は封筒の糊しろ部分だけ、少な過ぎず多過ぎずの量の糊を慎重につけた。間違って封筒の、つけてはいけないところに糊をつけてしまったりもしたが、そういう場所は跡が残らないように小指の爪を使って除去した。

いよいよ貼る作業。ここが一番肝心だ。まず片方の端を、本体側の糊の汚れの跡に沿わせて貼る。上手くいった。そうしたら次は、糊しろの長辺をぴったりと貼る作業だ。糊しろの長辺を、本体側の糊の汚れ跡に合わせるここは、思いきりの勢いが大切。修作は親指に力をこめ、しっかりと貼り合わせた。何度も指を往復させ、兄が貼ったときと同じ状態の貼りつけ強度にする。はみ出した糊を、乾かないうちに小指の爪で取り除く。

修復し終えた小さい封筒を修作は凝視する。何ら問題はない。自分で開封したときと何の変わりもない。完璧だ。修作はそれを大きい封筒の中に入れ、同じ作業を繰り返す。ただ今度のはサイズが大きい分、仕上がりの粗《あら》が見つかりやすい。糊しろの面積が広い分、しわや汚れ等の発生する確率が高いのだ。小さい封筒の二倍の時間がかかったが、修作は無事に作業をやり終えた。こちらのほうも上出来だ。やはり、プロの仕事は終始一貫して素晴らしい。時計を見ると、残り時間はあと三十分。修作は、机下のラックの新聞紙を片付ける作業を始めた。『エクスタス』が挟んであった朝日新聞を残し、他はすべて元通りの配置に戻す。その際、『エクスタス』を挟んであった新聞の前後の新聞だけ、盛り上げておく。そうすれば、『エクスタス』を使い終わったあとにすぐに元に戻せるというわけだ。

新聞をラックに詰め始めた修作だが、これが意外にも苦労する。出すときはわからなかったが、量が多すぎるのだ。前回よりも、また増えたらしい。もうパンパンだ。これは新聞紙を圧縮する気で挑まなければ、全部はしまいきれない。その上に、きつさに比例して新聞紙が破れたり折れ曲がったりしやすくなる。クソ、まさかこんなところで苦労するとは思わなかった。それでもひとまずはしまい終えた。二紙だけが頭を突き出して『エクスタス』の帰りを待っている。

まだなにかあされそうだ。今度兄が外出するチャンスがいつくるかわかったものではない。やれるだけやろうと思っていた。戦争映画かなにかで「破壊できるだけ破壊して帰還せよ」とかなんとか言っていた。それと同じだ。

音楽CDもチェックしよう。自分が聴きたいのがあれば勝手にMDにダビングすればよい。だが修作が聴きたい曲など兄はほとんど持っていないし、聴かない。よくわからない洋楽CDばかり揃えている。そこがまたムカついてくる。音楽なんてわかりもしないくせに。J‐POPをナメるんじゃねえ。

音楽CDをチェックする理由はもう一つある。たまに、「十字軍の行進曲」というCDのケースの中に、アダルトCD‐ROMが入っていることがあるのだ。よく使うものをそこに入れているのかもしれない。「十字軍の行進曲」なんて聴きもしないCDを選んだのは、中古ショップで安かったからだろう。それでも時折、ちゃんと中身が入っていることもあるからよくわからない。聴いているのだろうか。今日、改めてラジカセの横にあるCD棚を見てみるが、新しいCDが二、三枚増えている。

「十字軍の行進曲」のケースに手をかける。中身を見ると、残念なことにちゃんと「十字軍の行進曲」が入っていた。

聴きたいCDもなかったので部屋を見渡した。今、作業の途中なのは、謎のCD‐ROMのコピー、『エクスタス』とそれが挟んであった新聞の収納だけだ。

そろそろ時間だ。『エクスタス』にお世話にならなければならない。修作の胸は次第に高鳴ってゆく。人が仕入れたものを勝手に使っちゃうというスリルと罪悪感が、あの瞬間の快楽度を増してくれるのだ。修作は『エクスタス』を手に取り、パソコンのディスプレイを一瞥してから兄の部屋をあとにした。自分の部屋へと小走りで戻る。

六つの弦を左手の人差し指でいっぺんに押さえてストロークする、つまりバレーコードの押さえ方が上手くいかない。

正気は弱った。まさか、ギターのコードストロークが下手になっていようとは。ローコードのCやGならよいのだが、FやB、ハイポジションのコードを押さえるのが辛い。こんな初歩的なこともまともにできなければ、とても「ギターやってます」などと言えたものではない。ギター仲間の中で一際目立ちたいばかりに、ギターソロばかり練習していたのが原因だろう。左手で一弦一弦、素早く押さえるのは難しく多くの練習量が必要だが、弾けるようになったときの満足感はたまらない。和音を鳴らすだけのコードストロークとは違い、一音一音のメロディーが際立ってバンドの中で抜きん出ることができる。

確かにギターソロは上手くなった。けれども、コードストロークが満足にできなければ話にならない。正気は初心に戻ることにした。基礎は固めなくてはならない。

そう思って勢い込んでCシャープをストロークしたとき、ピックが弾けてアコースティックギターのホールの中に入ってしまった。しまった、これを取り出すのはなかなか苦労する。正気はホールを下に向けて何回もギターを振るが、一向にピックは出てこない。ギターの内側、ホールのふちに沿って薄い木が囲ってあるのが厄介だ。

上下に振るのを繰り返しているうちに、ピックの跳ね返る音がしなくなった。ピックがホールから落ちたのだろう。正気は床を見てみるが、ピックは見つからない。ギターをスタンドに立てかけて、床を這いながらピックを探した。

机の右側の支えとなっているラックと床の数ミリの隙間にピックは挟まっていた。正気はそれを取るときに気がついたことがあった。

さらなる低姿勢の腹這いになり頬を床につけて、ラックの引出しの下側とラック本体の木枠との境目を見る。

ビニールシールが二つに破れていた。正気は顔をしかめた。思考を数日前まで遡らせる。貼っておいたのは、精巧なプラモデルを作るときなどに使う、水にしばらく浸《つ》けておいてからピンセットで取り、慎重に貼るという上級者向けのビニールシールだ。小学生の頃にこれを使ってプラモデルを装飾しようと試みたが、何度も失敗した覚えがある。とにかく、破れやすいのだ。上手く貼れたとしても、完成したプラモデルを手に持って遊んでしまう小学生にとっては、触っただけで破ける〝使えないシール〟だ。それでもまた使うかもしれないからと、当時の正気がダンボールにしまっておいたのだ。

そのシールを、机下のラックに貼った理由。それは、のぞき魔、泥棒の有無を調べるためだ。だれかが引出しを開ければ、当然ビニールシールは二つに破れるわけである。ラックの中身をあさられるのを防ぐような防犯効果はないが、犯罪が行われたかどうかの有無は知ることができる。監視カメラみたいなものだ。

そのシールが、破られている。シールを約一年ぶりに貼ったのが、中間テストが終わった翌日の夜だ。だから今日から丁度二週間前だ。その間、自分で開けた記憶があるか確かめた。いや、そんな憶えはない。自分で開けてもいないし、不意に力を加えてラックを開けてしまったりもしていない。

正気はすべてを悟った。といっても、今になってやっとわかったというわけではない。疑心が確信に変化しただけだ。

修作の仕業だ。正気はピックを机の上に放り、椅子に深く腰掛けた。胸の辺りに、毒素を含んだ黒い雲が加速度的に広がってゆく。怒気と共に暗澹たる気持ちに包まれた。

あさられたのはいつの日だろう。正気はここ二週間の自分の行動を思い出した。修作が家にいて、自分が長時間外出していて、なおかつ長時間外出するということを修作の前で口にした日だ。

二つの日が思い当たった。先週の水曜日と今週の月曜日だ。全然行っていなかったテニス部に、久々に顔を出したのだ。年に数回しか参加していない、いわゆる幽霊部員である正気。だが部員とのある賭けに負け、部活に参加しなければならないことになったのだ。そんなこんなで部活に精を出し、この前の二日間は、部活が終わってからも着替えるときに教室で騒ぎ、帰りにマクドナルドで談話し続けた。結果、帰宅時間は八時を過ぎていた。

修作が目黒区の学校を出て家に着くのが、四時三十分ごろだ。だとすると、約三時間という充分過ぎる犯行時間があったわけだ。

正気は、うかつにも修作の前で母に部活に行くと告げたことを後悔した。それを耳にしたときの修作の企みを考えると、怒りが湧いてくる。

ラックの中を開けた。パッと見ただけでは変化はなにもない。新聞一紙をその中から取り出し、中を見る。『エクスタス』が挟んである。これはテスト終了日に古本屋で二百円で買ったものだ。おそらくこれは修作に使われてしまったのだろう。

正気は『エクスタス』をもとに戻し、他の新聞紙を調べた。

Ａ４サイズの封筒が目にとまった。きっとこれも修作に開けられているはずだ。

糊しろの部分を注意してよく見る。明らかに開封したとわかる跡が幾つもある。

正気は、自分で貼ったときにこのような痕跡を残したのかどうか考えてみる。けれども違う。糊しろの各辺だけを見る分には自分で貼った跡とも言えなくはないのだが、糊しろの中の辺りを見るとそうは言えない。

不自然な爪跡、気泡。

正気は封筒を閉じるときに爪で貼り合わせることはしないし、第一、気泡なんて残すはずもない。真ん中から四方に向けて圧力を加えるのだから、気泡が発生するわけがないのだ。

雑な仕事だ。こっちがウンザリするほどに。修作の手口の荒さには閉口してしまう。被害に遭ったのは自分のほうだが、もう少しなんとかならないものか、と正気は思う。

本人は、決してバレていないと考えているのだろうか。そう考えているとしたら、逆にこっちが心配してしまう。良心が咎める、とかの理由ではなく、将来犯罪を起こすことになったとしても、頭の悪さからして、修作には完全犯罪を遂行させるのは不可能だろう。

これはやはり、確信犯的なあさりと考えたほうが良いのだろうか。なにしろこんなにはっきりと、あさった痕跡が残っているのだ。何回も俺に警戒されて、あさりがバレていないと信じているわけでもないだろう。

正気は封筒を外から触り、円形の硬さを感じた。この中に入っていたのは、グラビアの切り抜きと……CD-ROMだ。

正気は舌打ちをして壁を軽く蹴った。果たして、アレがばれて大丈夫なのだろうか。公にバレることなどほとんどありえないから危険はないが、だからといって修作にバレてしまったのはまずかった。机のあさりも満足にできないようなガキには、アレは早過ぎる。

正気は立ち上がって、五段式ラックを眺めた。真っ先に三段目に手をかける。

MDウォークマンの箱の配置が変わっている。この箱の中には、暗号風の文字列を書き記したプラスチックカードが入っている。修作はきっと、文字列のメモを取ったのだろう。

実は、この文字列にはなんの意味もない。修作があさりを始めたときにこの文字列を暗号と勘違いして解読を始めて、彼が時間潰しをしてくれることを祈って作ったのである。これで一、二分でもあさりを食い止められればと思ったのだが、所詮は気休めに過ぎない。

続いて正気は本棚をざっと見渡した。この辺もあさったのかもしれない。ただ、本が多すぎるために入念にあさってはいないはずだ。それに、正気も本棚に今は三冊ほどしか書類を隠していない。しかもかなりわかりにくいところにあるため、修作は見つけられなかったことだろう。

「ごはん……」

階下から、修作のいつも通りの呼び声が聞こえてきた。それに応じて「はい」と正気は叫ぶ。

もちろん、修作は親切で晩飯の時間だと知らせてくれているわけではない。母に「兄ちゃんにご飯だって知らせて」と言われたからだ。いつも、関わりを避けたがるような不安気な声で呼んでくる。

まだまだ思い当たる〝あさりポイント〟は沢山あったが、正気は晩飯のために一階のリビングへ向かった。

正気はリビングの隅にあるパソコンデスクに座り電源を入れた。父はその横にあるダイニングテーブルでビールを飲みながらの夕食、修作と母は、ソファに寝転がってバラエティー番組を見ている。ごくごく平和な家庭だ。正気は冷めた目でそう思っているのではない。本当に、ありふれて平和な家庭なのだ。

起動したパソコンのマウスを操作し、「最近使ったファイル」を見る。ここにはその名の通り、最近使った文書ファイル、音楽ファイル、プログラムファイル等の名前が、十数件表示される。

正気は目を疑った。おかしい。全件、動画ファイルの記録が表示されている。最近使用した音楽ファイルを開くためにここを見たのに、全部が動画ファイルだ。自分でやったのだろうか。

ファイル名はすべて省略されて表示してあるので、なんのファイルなのかわからない。正気はその中の一番上のファイルをダブルクリックした。

動画再生ソフトが、画面中央で起ちあがった。

なにが始まるのだろう。念のために小型スピーカーの電源を切る。父からはギリギリのところで、このパソコンのディスプレイは死角となっている。正気は昔ダウンロードしたエロ動画の記録を消していなくて、だれかが再生してしまったのかとも思う。だとしたら最悪だ。

正気の予想通り、エロ動画が始まった。正気は顔をしかめた。こんなものを残しておいたとは。

しかし、そんな考えはすぐに吹き飛んだ。

こんな動画は見たことない。

猫っぽいコスプレをした姉《ねえ》ちゃんが、肥満体の男優に犯されている。スピーカーをオフにしているからわからないが、画面を見ているだけで女優の激しい喘ぎ声が想像できる。正気は停止ボタンをクリックした。右下のデータを見てみると、全体で四十五秒と短めの動画だということがわかった。

正気にはもうわかっていた。

修作だ。

父も使うリビングのパソコンに、こんなファイルを残すとは。堂々とした奴だ。

「最近使ったファイル」に目を戻すと、今見たファイルと同じようなファイル名が四つ続いていた。そしてその下の九つのファイルの名前は違うようで、一様に「My Computer…」と並んでいた。

正気はその中の一つにカーソルを合わせ、ファイル名を調べる。

「My Computer / 正気 / My Document / mp3 / ｺｻｷﾝ02.9.16」

正気は息を詰めた。

「コサキン」というファイルは正気がラジオ番組を mp3 形式で保存したものだが、その前に「My Computer / 正気 …」となっているところから、正気のパソコンから移動させたデータだということはすぐにわかる。あるいは、CD－Rに記録した「コサキン」を、このリビングで再生させたのかもしれない。だが正気にはそんな記憶はない。

念のために残りの「最近使ったファイル」もすべて調べてみたが、やはり同じ「My Computer / 正気 / My…」だった。「コサキン」の他にも、「カーボーイ」、「逆にアレだろ」

といったラジオ番組のファイルが開かれていた。なるほど、考えようによってはエロ動画のタイトルとも思われなくはない。正気はそれらもダブルクリックしてみたが、「ファイルが見つかりません」と表示されて、再生はされなかった。このパソコンのハードディスクの中には、もう「コサキン」等のデータは残っていない。

父も食事を終え、ソファで三人仲良くテレビを見ている。〝不思議ちゃん系〟の女芸人に下ネタを連発されて困っている。それを見ている三人も、下ネタのせいで軽く気まずそうにしている。

このエロ動画の証拠を見せて、もっと気まずくさせてやろうか。正気は冗談半分でそんなことを考えたが、そのうちに本気になってきた。まあ落ち着け、まだ早い。もっとよく調べてからだ。

しかしまあわざわざ「コサキン」等をリビングで再生させた理由はなんだ。エロ動画のほうはわかる。おそらくインターネットでダウンロードしたからだ。インターネットに接続できるパソコンは、家にはこの一台しかない。

正気はパソコンデスクの足下で緑色の光が点滅しているのを見つけた。この機械はなんだ。ケーブルをたどると、パソコン本体のＵＳＢポートにつながっている……。

無線ＬＡＮだ。

無線ＬＡＮは、専用の送受信機を複数のパソコンに取り付けて、その機械を取り付けたパソコン同士でのデータの送受信を無線を使って行うというシステム。半径十数メートル、つまり二階建ての家だったら、インターネットに繋がっていなくても、ケーブルでコンピュータ同士を繋いでいなくても、苦もなくパソコン間でのデータ移動が行える。修作はそれを利用して「コサキン」等のデータをリビングのパソコンに送ったのだ。修作のノートパソコンには無線LAN送受信機は付いているが、電磁波の関係で使えない場合もある。電磁波の状態が良ければインターネットもできるのだが、そのようなチャンスがくるのも運次第だ。かといって兄のパソコンで「コサキン」等を再生させるのも、記録が残る可能性がある。結果、兄のチェックが甘いリビングのパソコンにデータを移したのだろう。エロ動画と勘違いしていたのであろう修作は、「コサキン」、「カーボーイ」、「逆にアレだろ」を「見てお終《しま》い」あるいは「抜いてお終《しま》い」で扱うつもりだったのだろう。

ところがスピーカーから流れてきたのは、ただの深夜のお笑いラジオ番組。修作は相当悔しがったことだろう。

三人はもう下ネタによる気まずさから解放されたようで、テレビを見て時折笑っている。正気は今だと思った。

「あの、父さんこのファイルなに？」正気はとぼけてみせながら、ソファでくつろいでいる父に声をかけた。

「え、なんだって？」

「いや、あのさ、俺の名前がついた知らないファイルと、あとよくわからないファイルが幾つもあるんだけど」

「ああったくもう、世話の焼ける奴だなあ。なにかしたんだろう。どれどれ……」そう言って近付いてきた父は眼鏡をかけ直し、かがんだ体勢でディスプレイをのぞきこんだ。

「さあ、知らないなあ。この前ハードディスクを掃除したときに、要らないファイルかどうかチェックするために俺が開いたのかな。まあ俺にはわかんねえ」

こうして興味も示さずに父はその場に立ったままテレビを見始めた。正気としては父に、「ん、このデータはなんだ、変だぞ変だぞ。ダブルクリック。お、なんだこの動画は、おい正気、子供がこんなものを見るんじゃない。え、違うって？ じゃあだれがやったんだ。修作？ おい修作、おまえがやったのか？ なにわけのわからない答えをしているんだ。その慌てぶり、おまえがやったんだな。母さん、母さん……」という展開を期待していた。

けれどもその代わりに修作の視線に気付いた。正気と目が合うと修作は目をテレビに戻した。思い当たることがあって不安そうにしているのがよくわかる。

「なんで俺のファイルがここに……」

正気は呟いて、今初めて疑問に思ったフリをする。

頃合を見計らって正気は修作の方を向き、口を開いた。ドスの利いた声を意識する。

「おい修作、おまえ俺のパソコンになにかしただろう」

母がチラリと正気を見た。修作は動揺しながらも声に怒気をこめて「してねえよ」と返してきた。

「じゃあだれが俺のパソコンのファイルをこっちに移したんだよ」

「し、知るわけないじゃん。バカじゃないの」

力強くそう言い放った修作は、舌打ちをして何事かを呟いた。母は怪訝《けげん》そうな顔で双方を黙って見ている。

一旦はソファに戻った父も、どれどれと腰を上げた。あとは父に任せることにして、正気は自分の部屋に向かった。修作の側を通ったとき、彼の不安が頂点に達しているのを正気はありありと感じた。

正気は自分の部屋でギターで一曲弾いたあと、またリビングに戻った。

母が変わらずにテレビを見ているのが最初に目に入った。事態はなにも変わっていないのか？　修作はエロ動画のダウンロードのことで怒られているんじゃなかったのか？予定ではそうなっているはずだ。正気はなにかがおかしいと感じた。

パソコンに向かって操作しているのは、父ではなく修作だった。父は会社のノートパソコンと睨めっこしている。どうやら父が腰を上げたのは、「最近使ったファイル」をチェックするためではなかったようだ。

いや、チェックしようとはしたのかもしれない。それを修作に邪魔されたのかもしれない。

ともかく、修作のあの慌てた操作ぶりを見れば、彼がなにをしているかは明らかだ。

「最近使ったファイル」のデータをすべて削除している。

詰めが甘かったようだ。エロ動画を開いて父に見せれば、一発で事が済んだのに。あと一歩のところでチャンスを逃してしまった。

ファイルの削除が終わったらしく、修作は正気を一瞥してからソファに戻った。パソコンの電源が切れる音が聞こえた。

正気は間を置かずに電源を入れ直し、パソコンを起動させた。そしてすぐに「最近使ったファイル」をチェックした。

「なし」

やはり消された。それでもしつこく正気はあちこちをチェックした。

動画再生ソフトを起動させた。さっき修作のエロ動画を再生したソフトだ。「ファイル」の欄を見ると、最近再生させた動画ファイルの記録が十個まで残っている。

もちろん、さっき見つけた動画もすべてリストに残っていた。

「あれ、こんなところにさっきと同じファイルがあるな」

小馬鹿にする調子で正気は声に出した。こめかみをひくつかせながら、修作は正気に近付いてきた。

「なにしてんだよ」修作が敵意剝き出しの声で言う。

「人のデータを勝手にいじってなにしてんだよ！」

そう叫ぶと修作は正気の手からマウスを奪おうとした。正気の手に修作の左手が力強く絡みついてくる。

「人のデータ？　俺のデータだろ」

正気がそう言うも修作は態度を変えない。それどころか、両手を使って奪おうとしてきた。

「テメー、勝手になにしてんだよっ、人のデータに触るんじゃねえよ！」

顔を不細工に歪めながら修作は滅茶苦茶なことを大声で言い、正気の手からマウスを奪い取った。

「なにしてんの！」

母が二人を睨みつけて怒声を上げた。

「こいつが勝手に人のデータになにかしようとしてんだよ、マジムカツク、死ねよ！」

修作は事実とは裏腹なことを言い、母を味方につけようとしている。

正気はあまりの修作の頭の悪さに唖然として笑ってしまった。母に向かって、見て見てコイツ小学生みたいな支離滅裂なこと言ってるよ、という顔を正気はしてみたが、その真意は伝わらなかったらしく、母は何事か怒鳴り散らした。父は大した問題でもないというふうに、ステンレスカップを口に運んでいる。

「正気、なにか答えなさい、なにしてるのよ！」

母は修作の言葉を信じてしまったらしく、矛先を正気に向けてきた。修作はマウスを握ったまま鼻息荒く突っ立っている。

「あのね、この修作が俺のパソコンのデータを勝手に移動させ……」

正気が笑いながら説明している途中、修作が割って入ってきた。

「なに勝手に人のデータいじってんだよ！　どうして嘘つくの！」

出た。修作の十八番、「どうして嘘つくの」。修作の頭の悪さが顕著に表れているこの言葉。正気が、なにか修作が起こした問題について追及するとき、必ずと言っていいほど反論に使われる。「ただの推論だろ」とか「証拠があるのかよ」ならまだわかるが、「どうして嘘つくの」、である。相手の言っていることを嘘だと言い切ってしまっているのだ。それでも言った本人は、その言葉がそれを聞いている人に対して己の頭の悪さを披露してしまっているのだとは気付いていない。もう修作はその常套句を小学校高学年の頃から愛用している。

やがて動画ファイル名が表示されても動画ファイル自体はパソコン内にはないということを理解したらしい修作は、マウスをパソコンデスクに叩きつけるようにして置き、ソファに座った。母に向かって〝被害説明〟をしている。言葉の端々から「ムカツク」だの「自分勝手」だのと聞こえてくる。

正気はもうどうでもよくなってしまったので、パソコンの電源を切った。

「あんたたちはどうしてそうなっちゃったんだろうね。どこで育て方間違っちゃったのかしら」

これも母の常套句。怒りとも悲痛ともとれる言葉を吐いてくる。正気はそれにはかまわずに風呂場へ向かった。

もう十一時半だ。風呂から上がる頃には三人とも寝ているだろう。風呂には七時頃に一回入っていた。だが正気は、自分には全く理解できない神経回路をもった修作の言動を整理するため、一人になる時間が必要だった。怒りというよりも、呆気にとられた気分が心の中で渦巻いていた。


目覚めてから時計を見て正気は驚いた。七時五十分。遅刻だ、と思ってからすぐに今日は都民の日なので都内の学校は休みだということに気付いた。起きあがると、上段の長い四肢の間から下段を引き出すタイプの、二段ベッドの下段で寝ている修作の姿が目に入った。毛布を蹴飛ばし、背中を丸出しにしている。

起きる度に、正気は毎朝嫌な気分に陥る。

どうしてこんな弟の寝顔を朝一番に見せつけられなくてはならないんだ、と。自分の使っている、切り離し可能な上段ベッドを他の部屋に移したいが、そんなスペースはどこにもない。

元々、この部屋は兄弟の遊び部屋兼寝室だった。ベッドが家に届いたのは正気が小学二年生のときで、その頃は部屋で遊び疲れてそのままベッドに直行、などという生活を送っていた。修作は幼稚園児で、机などは必要としなかった。小学生の正気は父親の書斎の机を借り、学校の宿題だけをやっていた。

だが中学入試のための受験勉強をするようになると、机に向かう時間が数倍に増えた。父からの譲与の言葉により、すぐに机は正気のものとなった。それが引き金になった。机を占領した正気は、スチール本棚、木製本棚、収納ラックと、次々と領土を拡大していった。結果、当時は部屋の面積の四割を自分の領土とすることに成功した。それから数年経った今、正気はかつて父の書斎だった部屋を完全に自分の支配下においている。父は自分の蔵書を残したまま、正気に部屋から追い出されるかたちとなった。それでも最近の仕事用パソコンの小型化は凄まじく、それに伴い父にとっての部屋の必要性は薄れてきたらしい。

修作は、小学校に入学してから新しい机を買い与えられた。机を置く場所は、当然のようにそれまで寝室として使われていた兄弟部屋に決められた。それでもまだ、あるのは引出し型二段ベッド、おもちゃ箱、学習机と、至ってシンプルな部屋だった。

歳を重ねるにつれ、修作も兄の真似をして自分の机を拠点に領土の拡大にのりだした。だが父の書斎を徐々に侵攻していった正気とは違い、修作の机の周りには遮るものなどほとんどない。本棚が五つもある父の書斎とは違い、ベッドとおもちゃ箱ぐらいしか部屋に置かれていないのだ。正気と比べて驚くほど早いペースで、修作は兄弟の寝室を自分の部屋にしていった。

毎朝、修作の嗜好に染められた寝室で目を覚まし、毎夜、修作の嗜好に染められた寝室で目を閉じる。ここ数年間、正気はそれに苦痛を感じている。筋肉トレーニングを毎日欠かさない理由の一つは、そうでもして体に疲労物質を溜めないと、ストレスでなかなか眠りに就けないからだ。

早くこの部屋から失せろ。修作に対しそう念じ、正気は一階へと下りた。

ＮＨＫ－ＢＳでやっている朝の連続テレビ小説を見終えた母が、ベランダで洗濯物を干していた。正気はキッチンのガスをつけ、冷めた味噌汁を温めた。温め終わると茶碗にご飯を盛り、ダイニングテーブルの上に置いてある鯖の塩焼きときんぴらゴボウをおかずにして、朝食を摂り始めた。

空になったカゴを持ちながらベランダから戻ってきた母は正気に気付き「遅いじゃないのよ」と言った。正気は「グッドモーニング」と挨拶してからまた食事を続けた。

朝食を終えた正気は歯磨きをしながらソファに座った。テーブルにあるだろう朝刊を探す。見つからない。色々なものが散らかり過ぎているのだ。「ダイエット・バー」の空っぽの袋をごみ箱に捨てる。最近、母はダイエットのために朝食を抜きにして、代わりにこの「ダイエット・バー」なる栄養補助食品を摂取して過ごしている。

母は食器洗浄機に昨夜と今朝父が使った食器を並べて、スタートスイッチを入れた。そんな少ない量で食器洗浄機を使うのはもったいないのではと正気は思ったが、もうなにも言わないでおいた。この食器洗浄機も、楽をして痩せたがる母が、楽をして食器の後片付けをするために最近買ったものだ。

正気と父は綺麗好きな性格だ。部屋の整理はきっちり行うし、テーブルの上にものを出しっ放しにしたりもしない。

一方修作と母は、本当に掃除というものをしたがらない。母の母親、つまり正気の母方の祖母は家に来る度に、母の代わりに台所を大掃除し、食器も片っ端から綺麗に洗う。祖母は母の「掃除嫌い根性」が本当に気に入らないようで、度々正気に「お母さんは主婦失格ね」とこぼしたりする。だがそんな母でも、さすがに客人が来るときなどには大掃除をする。けれどもし来客のない日が一年も続けば、家の中がどうなるかは目に見えている。

修作の掃除嫌いはさらにその上をいく。母にさえ月に一回は「自分の部屋くらい片付けなさい。あれはなんなのよ、ごみ捨て場じゃない」と怒られている。小学生の頃使っていたランドセルが、いまだに机の脚下に置いてあるし、机の上には小さい消しゴムやガチャガチャのおもちゃが幾つも散乱している。本人は良しと思っているのだろうが、どうしても趣味が悪いとしか思えない自作のペンダント、人形等のアクセサリーグッズが本棚に飾ってあったりする。

昨夜も正気は寝ようと思ってその部屋のドアを開けようとしたが、開かなかった。何度か蹴り続けるとようやく開いた。原因はなんだと思って見てみると、内側でマンガ週刊誌が束になって倒れており、ドアが開くのを邪魔していたのだった。一番上のマンガの表紙が、正気がドアを蹴ったせいで破れていた。

もう随分前のことだが正気が小学四、五年生、修作が一、二年生のときである。その頃はまだプライバシーの概念など双方とも理解していなかった時期で、お互いのテリトリーなどは存在せず、勝手に相手の机の中を引っ掻き回してはマンガ本などを読みあさったりしていた。もちろん正気もそうだった。修作の机に陣取り、古いマンガや月刊誌などを繰り返し読んでいた。

その頃の正気でさえいつも呆れていたのは、机の中のマンガや雑誌などを、修作が全然整理しようとしないところだった。数年も前の月刊誌が平気で引出しに鎮座していたりしたのだ。取っておきたいなら押入れにしまうとかすれば良いのに、そうしようともせず、頻繁に使う机下のラックに山積みにされていた。

だが今はどうだか知らない。

もう数年間、少なくとも五、六年以上の間、正気は一度も修作の机の中をのぞき見たことが、ない、からだ。

正気には、それだけはできない。

修作はもう数年もの間、ずっと正気の机の中をあさり続けている。本人はバレていないつもりらしいが、正気にはその陰湿な手口などすべてお見通しだ。

だからこそ、正気は修作の机の中、あるいは他の収納家具をあされないのだ。自分もあさりを行ってしまえば、修作と同じ〝人間のごみ〟になってしまう。あんな陰気で幼稚な性格をもった人間にだけは、絶対になりたくはないのだ。

母は、父は、そして修作自身もおそらくは気付いていない。修作の内部にある、異常で変態的、もしくはストーカー的ともいえる、黒々しい内面にだ。

修作は、自分の行為が異常だとは思っていないはずだ。これだけは正気は確信をもって言える。自分の兄の部屋をあさるくらい、なんでもないことだろう、というようにしか修作は思っていないのだ。正気も、別の人があさっているのを見たとしたら、どこの家でも同じだ、と特になにも思わないかもしれない。

けれども、他の家とは違うのだ。

正気の親友の高谷は二人兄弟の次男で、よく兄貴の部屋からエロ本を拝借しているらしかった。話を聞いてみると、実にさっぱりとして愉快な話なのだ。あさっているのを兄にバレないようにしようなどとは思わないらしい。

もう一人の正気の親友の石田には、一つ下の弟がいる。石田は、「ウチの弟はそんなことはしないな」などと言っていたのだが、それは単に弟の手口が巧妙だから気付かないでいるだけなのでは、と正気は思ったりしていた。あくまでも推測だが。

修作は、正気が他の人に聞いたうちの、どの〝あさり屋次男〟にも当てはまらない。

まず、あさりたい、という欲望がある。それはどの次男とも同じだ。次に、その中の数割の者は、あさりの事実を隠そうとする。それも別におかしいとは思わない。

だが修作が普通と違うのはここからなのだ。

完璧に、あさりという事実を隠蔽しようとする。しかし実際に行っている隠蔽作業が、実に雑なのだ。兄にバレたくない、という成長した羞恥心に、実際の隠蔽能力が伴っていないのだ。

修作本人は、完璧なあさり、完全犯罪だ、と自分の手口に酔いしれているのだろう。しかし他人から見てみれば、欠点だらけの拙《つたな》い手口でしかない。

正気は、修作に机をあさられていることは何度か両親に話している。だがもっと肝心なことを、上手く説明できない。両親にそのことを話そうと何度も試みたが、いつも言葉にならない。

強いて言い表すなら、修作の頭の中は、麻薬中毒者のそれに近いのだ。頭の中だけはハイな状態で、本人は自分の頭脳のクリアさに満足している。神になったような気分で、自分の万能感にどっぷりと酔い浸っている。

しかし他人から見れば違う。足元のおぼつかない、視線もあちこちをさまよい、手の震えが止まらないでぶっ飛んでいる人――。

周囲のそんな反応にも気付かず、中毒者たち本人は相変わらず自分を疑わない。

頭の中での思考と実際の行動のズレ。

その点で、修作は麻薬中毒者と全く同じだ。正気はそこが怖い。麻薬中毒者特有の錯乱行動、フラッシュバックとまではいかないにしても、それに近い行動を、修作はそのうちに起こすかもしれない。

あさり中毒者の錯乱行動。

それが一体どういったものになるのか。ナイフを持って斬り付けてきたりするのだろうか。寒気がしたので正気は考えるのを止《や》めた。

正気は新聞を探すのをあきらめ服に着替えた。昼間になにを食べれば良いのかと気になったので、母に訊いてみることにした。

「昼飯なに食べればいい」

「冷蔵庫にあるお肉とか使っていいから。自分でなんか作れるでしょう。あ、そうだ、ちゃんと修作の分も作ってあげるのよ」

そうだ、忘れていたことがあった。あのことも母に言っておこう。正気はほくそ笑んだ。

「俺もマックで買い食いして済ませたいんだけど。修作みたいに」

母は不機嫌そうな顔をして、「自分で作って食べなさい」とまた言った。

「あ、それとおやつはなにを食べればいい？　俺も修作みたいに高いカップラーメン買ってきて食べたいんだけど」

正気はいつもはこんなことは言わない。腹が減れば、なんでも自分で調理して食べることができた。

母は言葉を濁してトイレへ行った。その間正気は、他に母にチクる修作の行動がないかと思いを巡らせた。

偶然にも、トイレから出てきた母が糸口を正気に与えてくれた。

「ねえ正気、坂崎さんちに頼まれた青春十八きっぷ、もうちゃんと買ったの？　買う暇があるのはあんただけなのよ」

　坂崎さん一家に頼まれていたことを思い出した。正気はすっかり忘れていた。だがそこに、正気はすかさず修作をこじつけた。

「ああ、忘れてた。って言っても、この前の休みの日に朝と昼の二回、ちゃんと思い出したんだよ。で、インターネットでよく調べてからJRの駅に買いに行こうと思ったんだ。けど朝から晩まで修作が下のパソコンでインターネットで遊んでたからさ、調べられなかったんだよ。修作なんてね、本当に母さんが運転する車の音が聞こえてくる直前まで、ずっとパソコンにかじりついていたんだよ。それじゃ俺も調べらんねえわけ……」

「どうしてさっきから修作修作って引き合いに出すの！」

　母が口を尖らせて怒鳴った。正気にも母の興奮が伝染した。

「弟のするちょっとした悪いとことか駄目なところ、なんで全部をお母さんに言いつけるのよ！　兄弟なんだからかばい合いなさいよ。弟がずっとゲームして遊んでたんなら、注意してやんなきゃ駄目じゃない。修作の人生なんかどうなってもいいとでも思ってるんでしょう。正気、あんた自分の実の弟が嫌いなの？」

「うん、嫌いだよ」

　今まで言うのをずっと抑えていた言葉が、ついに正気の口から漏れた。母は予期していなかった息子の答えに困惑していた。それでもすぐに困惑と怒気の混じった声で、母はしばらく正気に説教をした。

正気の頭の片隅で、現状打破、という文字がちらついた。

「本当、反吐《へど》が出るほど嫌いなんだよ、あの低脳のことは。なんであんな奴を産んじまったんだって母さんに文句言いたいくらいだよ」

「なに言ってるのあんたは！　たった二人の兄弟なんだよ。お母さんとお父さんが死んだら、いざというときに頼れる肉親は兄弟しかいないんだよ。大体、あんたがなにか恨まれるようなことするから修作はいつもあんたに敵対心をもつのよ。そんな下らない兄弟ゲンカなんかで弟を憎むんじゃないよ！」

熱弁する親の気持ちもわかってやりたい正気だったが、母の言葉はむなしく正気の心を素通りした。正気は語気を強めて反論する。

「俺がなにをしたって言うんだ？　兄弟ゲンカ？　なに言ってんの、母さん、普段俺らのことなにも見てないんだね、笑わせるんじゃないよ。俺が修作に対してなにかしてるとこなんて見た覚えあるの？　なにかするどころか、必要なとき以外は俺は修作に話しかけもしないいんだぜ。修作がいつも俺に対してなにかと文句を言ってるから、俺が悪いことしてるんだって刷り込まれちゃっただけでしょう、母さん。俺が修作のこと嫌っている理由、教えてあげようか？　前から言っているように、俺の机の中とか部屋の中とかも全部、あいつがあさってるからだよ。昨日だって俺がリビングのパソコンで異変を発見したとき、修作が取り乱しただろう？　俺のパソコンの中のデータがなぜかそこに残ってたんだから仕方ねえよな。俺のパソコンをあさってたってことが証拠に残っちまってたわけだから。自分が育てた次男を、吐き気のするストーカーみたいな犯罪者だと思いたくなくて目を背けてきただけだろう、母さん。本当は母さんも薄々気付いてるんじゃないの？　修作の精神が根本的に陰湿だってことに」

母は、正気の修作を嫌う気持ちが幾分か筋道の立ったものだったので、余計に心を痛めているようだった。

「そんなこと言ったって……本当に修作があんたのパソコンをあさったっていう証拠でもあるの？」

「だから昨日も言ったでしょう、リビングのパソコンに俺のパソコンのデータが移動されるなんて、自動的に行われることじゃないの。必ずだれかが操作しているんだよ。父さんが触るはずがないし、第一そんな暇はないでしょ。俺が嘘ついてでっち上げたと思う？　そんな支離滅裂なことするわけないでしょう、修作じゃないんだから」

母は完全に落胆していた。ため息をついている。

「どうしてこんな子になっ……」

「どうしてこんな子になっちゃった？　どこで育て方間違えたのかねえ？　俺ら兄弟がもめたときにいつも使う言葉だね、母さん。そうやって〝両方とも悪い〟みたいなことを今まで十数年間、ずっと言い続けてきたでしょ。だけどそれは大きな間違いだよ。俺はいつも被害者だったんだよ。幼い頃、体張ってケンカしてたときはもちろん俺が勝ってたし、口ゲンカするようになってからも俺がいつも勝ってる。その口ゲンカのときの俺の言葉が汚いからって、いつも母さん怒ってるよね。でも俺はいつも論理的に考えながら口ゲンカしてるんだよ。おかしいのは修作のほうだよ。バカって言ったな、みたいな小学生並のことしか言わないだろう？　あいつの口ゲンカには筋道もへったくれもないんだよ。頭おかしいんじゃねえの、ふざけんじゃねえ、どうして嘘つくの、この三語でしか成り立っていないんだよ、修作の口ゲンカでの発言は。修作の言うことには、内容なんてなにもないんだよ。そうだ、さっき母さん、修作のこと嫌いなの、って質問を俺にしたよね、いつものように。同じ質問を修作にしてみな。どうせ、別に、って答えるだけだから。だってそうだろう、具体的に俺のことを嫌う理由なんて見当たらないんだから。強いて言うなら俺が色々と母さんに修作の悪事をチクることや、机の中があさられたことに俺が気付いて修作を疑ったりすることへの不満ぐらいだろう。それだって修作自身に非があるわけだから、修作が自分で言えるわけないじゃない。そうそう、あとは学校のレベルの違いだね。自分が入った中学校のレベルが低いからって、勝手に俺のことを妬《ねた》んでるんだよ、あいつは」

正気は今初めて、修作への具体的な不満、嫌悪感を親に喋った。修作を嫌う理由がここまで一貫したものだと、母はもうなにも言えないようだった。怒りと悲しみを混在させた表情を浮かべた母は口を開きかけたが、それを止めて階段へ向かった。

「修作、何時だと思ってるの、起きなさい！」

二階の修作に向かって叫ぶ母の横をすりぬけて、正気は階段を上り自分の部屋に入った。閉じたドア越しに、修作が階段を粗暴に下りる音が聞こえた。

死んじまえよ、クソチクリ魔野郎。

底知れぬ怒りが修作の体中に重くたれこめていた。

リビングのテーブルの上には修作のノートパソコンと、パン屑がある。母にまた買い食い禁止令を受けてしまったため、台所に置いてあった食パンにジャムを塗っただけというもので昼食を済ますほかなかった。

兄がチクらなければこんな嫌な思いはせずに済んだのだ。夏休みに家の金で買い食いばっかりしていたときも、同じように禁止令を出された。しかしそれからまた時を経て、買い食いを久々に再開した矢先のことだった。兄がまた、母にチクったのだ。

修作はパソコンを操作していた手を止め、伸びをした。そうやって気分転換をしようとしたが、こぼしたパン屑を目にし、たちまち兄への不快感に包まれた。兄がチクらなければパンなんて食わずに済んだのだ。

兄が母に買い食いのことをチクったのは、相当に腹が立つ。だが今の修作の不快感が、その理由だけからきているものではないということは明らかだった。

修作は今朝、ねぼけ眼《まなこ》のまま、母から不快な注意を受けた。

「修作、あんた兄ちゃんのパソコンとか机、コソコソあさってるんじゃないわよ」

母のその言葉に対し、修作は大声で言い返してその場を切りぬけようとした。

「だってあんた、兄ちゃんの話によればパソコンにはっきりと証拠が残ってたそうじゃない」

母はそうとしか言わなかったが、兄はもっと詳細に、パソコンあさりのことを話したに違いない。そして昨夜兄に問い詰められたパソコンあさりのこと以外に、日常的に行っている机あさりのことも、兄は母に訴えたらしい。母の言葉を聞く限り、そう判断できる。

パソコンの件に関しては、知識のない自分がうかつだった、と修作は反省した。まさか、「最近使ったファイル」にあのファイル名が残っていたとは。プログラムを終了した直後に「最近使ったファイル」を見たときは、なにも表記されていなかった。だから、そのままにしていた。タイムラグがあってから、「最近使ったファイル」に記録が記されるものなのか、と修作はようやく学習した。

だが兄の机の件は腑に落ちない。

なぜだ?

なぜ部屋あさりのことがバレているんだ?

修作はいつも、細心の注意を払って〝あさり〟を遂行してきたはずだった。それがどうして兄にはバレてしまっているのだ。勘付かれている程度ではない。バレてしまっている。もちろん、兄が証拠もないのに憶測で、母に出任せを言った可能性もある。数年前までは修作自身、兄の部屋をあさるとき、数々の証拠を残してしまっていた。その証拠を摑んだ兄は両親の前で、修作に対する批判、罪の意識の低さを何回も説いたりした。修作はその度に、証拠があっても容疑を強く否定した。

徹底して証拠を消しているのに、どうして兄にバレているのだ？　ここ一、二年は、本当に微細な変化も残さないようにしている。それこそ、それ以前の自分のあさり技術を素人技とバカにしたくなるほどに。

修作が考えていると、兄が階段を下りてくる音が聞こえてきた。修作は再びパソコンに向かった。アダルトサイトを開いていたので、慌てて「お気に入り」に登録されている、当たり障りのないサイトを開いた。修作の背後は窓だから、兄にディスプレイを直接見られる心配はない。けれども窓には、昔設計図を描いていた母が買った、鏡面シートが貼られていた。眩しいのと、外から作業姿を見られたくないとの理由で、数年前に貼られたシートだった。窓の下半分、サッシから四十センチくらいまでの一部分が、ぼやけた鏡のようになっているのだ。修作は後ろを向いて、白いカーテンがちゃんとかけられていることを確かめた。カーテンさえかけておけば、シールに反射したディスプレイの中を見られることはない。アダルトサイトは閉じたのだからそんな心配は要らないとも思ったが、用心するに越したことはなかった。

キーボードを叩く修作のすぐ側まで、兄が近付いてきた。修作は一瞬だけ身構えたが、兄に敵意はないようだった。ポットから中身が注がれる音がしばらく聞こえた。兄はウーロン茶を飲みに来ただけなのか？　飲み終えると、また兄は上に戻っていった。

修作はすぐに、兄はダウンロードの邪魔をしに来たのだと悟った。通常、エロ動画を一時間分、インターネット上でダウンロードするには、軽く数時間はかかる。兄はその最中に、邪魔しに来たのだ。

何度も兄のパソコンをあさっていたので、兄が何本もエロ動画をダウンロードしているのは知っていた。修作は初めてそれを見たとき、何処《どこ》からもってきた動画なのかと疑問に思っていたが、ブラウザの履歴を見て、アダルトサイトからダウンロードしたものだと知った。その後、兄はそのことが母にバレ、父の手によって兄専用のパソコンではインターネットに接続できないように設定を変更されてしまった。だからそれ以来、ダウンロードはしていないはずだ。

兄を先駆者として、修作は長い空き時間ができる度に、エロ動画のダウンロードをするようになった。兄のエロサイト開拓のおかげで、今の修作の無料ダウンロード天国がある。

だがそれは言い換えれば、兄にはエロ動画入手のすべての知識が備わっているということだ。弟が一人でコソコソと何時間もパソコンに向かっていれば、エロ動画のダウンロードをしていることくらい、すぐに察しがつくというわけだ。

修作はこれまでに何回も、根気の要るダウンロード作業を中断せざるをえなかった。

兄が突然、修作のパソコンのディスプレイに近付いてきたりしたからだった。はじめのうちは、運が悪いな、としか思っていなかった。だがあまりにも丁度良いタイミングで兄の邪魔が入る。そこでようやく、修作は兄が意図的に邪魔をしていると気付いたのだった。サイズの大きいデータのダウンロード中は、パソコンの反応速度が遅くなる。そのため、ウインドウの「最小化」ボタンをクリックしても、十数秒のタイムラグがあってからようやく「最小化」されて、ディスプレイ上からダウンロードソフトが隠れるのだ。だが兄が近付いてくるのに十数秒は充分な時間だ。だから、ダウンロードソフトの「閉じる」ボタンをクリックする他に道はない。憎々しいことに、ダウンロード中でもすぐに反応するコマンドは「閉じる」しかない。「閉じる」をクリックしなければ、食器を取るフリをしてパソコンの真横にまで近付いてくる兄に、ダウンロード画面を見られてしまう。そこで仕方なく、修作は「閉じる」をクリックする。当然、途中までしかダウンロードが済んでいないデータなどはなんの意味もなく、修作はそこまでの数時間を棒に振ったことになるのだ。

幸い、修作は今日はまだ、ダウンロードはしていなかった。これから始めるところだった。兄もいなくなったので、再びいつものアダルトサイトを開く。そのサイトは、修作が苦心して見つけたサイトだった。慣れた手つきで、更新された動画欄をチェックした。

修作は喜びの声をあげそうになった。

「ミーナちゃん」だ！

やっと新しいのが追加されたのだ。

修作は、この「ミーナちゃん」がたまらなく好きだった。

大きな瞳、黄色く染められた髪、スレンダーで浅黒い体、豊満な胸……。なによりもその甘えた声と、相手の男への忠誠心、純な雰囲気がたまらなく好きだった。

こういうタイプの動画、画像に、兄は全く興味を示さない。だから、修作が自分で手に入れなければならない。兄から頂戴するわけにはいかないのだ。「ダウンロード」ボタンを、修作はクリックした。

修作は朝からの不機嫌さを忘れて、ダウンロードが完了する数時間後に胸を膨らませた。


土曜、日曜の晩は、ほぼ確実に、一家四人で食卓を囲んで過ごす。正気は今日も土曜の部活に参加しなかったし、試験前でもない。当然、いつも通りに夕飯を食べていた。試験前一週間ともなると、附属の大学が二年前に開設した、千代田区内にある超高層タワー型の大学校舎の地下三階、図書館の自習室で友人たちと勉強するので帰りが十時近くになる。しかし部活にはたまにしか行かない正気が、それ以外で遅くなることなどはほとんどなかった。よって土日はほぼ毎週、修作の青臭い言動を目に、耳にしなければならない。

リビングでテレビを見ていた修作が、正気がリビングに下りてくる前に母に「お箸を並べて」と命令されたらしかった。そのとき正気は上にいたから見てはいないが、修作が箸を並べたのは明らかだった。

修作はスプーンやフォークを人数分並べるときに必ず、古くて輝きを失ったボロのものを、正気の席の前に置く。他の人のものはすべて比較的新しく、きれいなものだというのに。それに対して毎回正気は修作の悪意を感じてはいるが、そのことへの不満を口に出すことなどできない。修作本人に文句でも言ったら、「無造作に並べてるんだよ、バカじゃないの。神経小さいバカ野郎だな」と言われるに決まっているし、なによりも両親に、下らないことで、と思われるのは御免だった。じゃあ同じように正気がスプーンを並べたりするとき、修作にだけボロのものを渡すのか、と問われれば、正気はノーと答える。修作自身がボロのものを正気に渡しているため、正気が同じことをすれば修作は必ず正気の意図に気付く。正気は修作に、「兄は俺の、ボロスプーン並べ作戦に不快感を示している。俺に振りまわされてるな」とだけは思われたくなかった。だから今日も、正気は自分の分の新しいスプーンを取ってきて、「あ、あったんだ」と言いながらボロスプーンを脇にどけた。そのときに修作の顔が微かにひきつったのを、正気は見逃さなかった。それはそうだろう、兄はボロスプーンに対して嫌な思いをするどころか、それを使わずに偶然持ってきてしまった新しいスプーンで食べ始めたのだから。

客観的に考えれば、本当に下らないことだというのは正気にもわかっている。だが本当に下らないことだからこそ、そのことを他人に言いふらしてはいけない。そのことを先に口にした者が、器量が小さいやつ、つまり負けなのだ。この静か過ぎる攻防戦が、何年も続いているのだ。正気の抱えるストレスは雪のように積もっている。

ホワイトシチューと冷蔵庫に残っていた鯖をつついていると、修作のいつもの話が始まった。

「母さん、参考書買うお金ちょうだい」

「またなにか買うの、あんた参考書ばっかり買ってるわね」

正気は顔をしかめた。母は修作に餌を与えてしまった。修作が意気込んだ。

「だって、ウチの学校は進むのが速いんだもん。高校レベルの授業をやってるって、もう何回も喋ったでしょう」

正気はテレビを見ているフリをして耳だけ澄ました。

「なんの参考書？」

「数Ｉ」

修作はさりげなく言ったつもりだったのだろうが、一生懸命に〝さりげなく〟言ったということは正気にはお見通しだった。

数Ｉといえば高校一年生の学習する教科だ。中学二年生がやるのは確かに早い。正気の学校では中学二年で、数Ｉと分類されるものはやらなかった。だが……。

「二次関数が難しいんだよ」

修作が口を開いた。「数Ⅰ」とさりげなく言ったことに対し、両親が賞賛するような反応をなにも示さなかったのが不満のようで、修作は自分で自分を誉めている。

「ちゃんと授業を聴いていないからでしょう」

意外にも母の言葉は冷たく、正論だった。

「違うよ、ハイレベルなことをやってるからだよ。中二で高校の授業を受けてるんだよ。たとえば二次関数なんて、何年生のときにやるものなの？」

修作は両親に訊いた。作戦を変更したようだ。必ず返事が返ってきて、なおかつ自分が誉められるように、だ。

「高……一か二だな」

父が答えた。修作は初めて知ったというような反応をした。

初めて知ったはずはなく、前々から知っていたはずだ。正気は、修作が教科書やノートなどの教材の中まであさっていることを知っていた。だから当然、正気が使っている教科書を見ている修作は、正気の学校の学習進度に見当をつけているはずだった。正気は公立の学校と同じように、去年までは確かに数Ⅰの勉強をしていた。けれども正気の学校は大学附属校のため、大学受験のための学習などはやらないのだ。その代わりに、大学で学習するような高度な授業を受けさせられる。例えば、数Ⅰの教科書を使って二次関数の授業を受けるとする。すると教科書の内容はすぐに終え、そのまま二次関数の大学レベルの範囲、さらにはそれに関連付けた難問題の学習をさせられる。要するに、各教科書が配られる時期は公立の学校と変わらないのだが、やっている内容は全然違うのだ。

だがそのことを理解していない修作は、正気の机の本棚に並んでいる教科書の背表紙を見て、正気の学校の授業が公立の学校と同じ進度で進んでいるのだと勘違いしてしまっているらしかった。

「正気、あんた二次関数はもう勉強したんでしょう？」

母が言ってきた。

「うん、とっくに」

「じゃあ修作、あんた兄ちゃんに教えてもらえばいいじゃない」

「わかるわけないじゃん」

だれにともなく、修作が一生懸命ボソッと呟いた。兄に教えられてもわかるわけがないともとれるし、兄が二次関数など理解しているわけがないともとれる。いずれにしろ、ここまで馬鹿にされては正気も怒りを覚えた。

「そんなわけないでしょう、兄ちゃんだってそのくらいは勉強してるわよ」

母の言ったことに対して修作はなにも言わなかったが、一生懸命黙って軽蔑した態度をとろうとしていることに、正気は当然のように気付いていた。

「で、修作、いくら必要なの？」

「えっと、高水準チャート数I問題集だから……確か千二百円」

修作は得意気に答えた。内容を理解していないのに、「高水準チャート」なるものを買うとはおかしなことだと正気は思ったが、またいつものことかと思い直した。

修作は度々、自分の学力について家族に見栄を張るために、使いもしないハイレベルな参考書を買う。挙げたらきりがないが、明らかに使いもしない参考書を買ってまずリビングのテーブルに置く。そしてある程度両親に見せびらかしてから、今度はそれを自分の机の上に、正気の目につきやすいように置く。二段ベッドで眠るために、正気は、寝る前に必ず一回は、修作の机の横を通る。修作はそれを利用し、寝る前の正気に対してレベルの高い参考書を見せつけ、プライドを傷つけてみせようと頑張っている。けれども修作の考えなどお見通しの正気にとって、修作のその行動には呆《あき》れる思いしか抱けなかった。ひょっとしたら、学校で高校レベルの授業を受けているということも嘘なのかもしれない。

肘をついて食っていた修作はそのことを母に注意され、そこでようやく彼の嘘自慢話は終わった。

見ている映画がつまらないので正気はどうしたものかと迷った。父は途中までいっしょに見ていたのだが、今は仕事のために自分のノートパソコンに向かっている。もう四十分も見てしまっている。最後まで見届けなくてはならない気もしたし、他にやることがあるだろうという気もした。

風呂から上がってダイエット体操を終えた母が、さっきから新聞や郵便物に目を通している。母は土曜も仕事があるため、昼の間それらをチェックできない。やがて母は、郵便物の束の中になにかを見つけた。

「正気、これ見なさい」

威圧するように母に言われた正気は少し緊張した。まさか有料アダルトサイトに偶然接続してしまい、高額料金でも請求されているのだろうか。

しかし正気が手渡された紙片は、携帯電話の料金請求書だった。正気はすぐに安心した。

「これがどうしたの」

「なんか色々と割引料金とか基本パケット使用料とか書いてあるけど、最終的な請求額って、まさか一番下の数字じゃないわよね」

請求書には様々な数字がプリントされている。ウェブサイト接続料、データ通信料……正気は息を呑んだ。

月御請求額……四万八千六百七十円
正気は目を疑った。これが九月分の請求額なのか？　これからさらに割り引きされたりするのではないかと正気は請求書の隅から隅まで目を通したが、その可能性はないようだった。

「請求額は四万……八千六百七十円になってるけど」

母はひきつりはしたが、激しく怒り出したりはしなかった。

「なんでなのよ」

訊かれた正気はすぐに思い立った。

「こんなに携帯を使ったのは俺じゃないよ。修作だよ」

正気はそう言ってからテレビの横の充電器に立て掛けてある携帯電話を手に取った。それと同時に「ユーゴットメール」とEメールの着信音が鳴った。折り畳み式の携帯を広げると、「メール一着」と表示されていた。差出人を見ると、修作の友人二人の名前が載っていた。

今の時代にはかなり珍しく、正気の家には携帯電話は一つしかない。よって、家族兼用となっている。それでも大半は修作が独り占めをして使っており、着信履歴を見れば修作の友人たちの名前で埋まっていた。

正気はメールの履歴を見たあと、使用料の高い、電話の着発信履歴を表示させた。正気は旅行に行くときくらいしか電話は使わないし、両親なんか使い方さえよくわかっていない。よって、通話したうちの九割は、修作の通話と考えられた。事実、通話の履歴にも修作の友人の名前が何十件も表示されていた。それを正気は母に渡して見せた。

「そこに、通話履歴が新しい順に百件まで載ってるよ」

母は十字キーの下ボタンを押し続け、履歴を順に見ていった。操作をしながら母は正気に訊いた。

「六、七人の名前がずっと表示されてるけど、これって全員、修作の友達なの?」

「そうだと思うよ。俺は電話してないし」

履歴を見終えた母が正気に携帯を渡した。請求書を見ると、データ通信料が四千円もしている。正気は携帯の「データフォルダ」を開いた。「ピクチャー」の欄を開くと、まず筋肉質な八頭身ドラえもんの画像が現れた。このパロディ自体は許せるが、この画像をもっていれば面白い、笑いがわかっていると評判になる、とおそらく考えているであろう修作の姿を想像すると、正気は嫌悪感を覚えた。その他にも、鈴木宗男、熊本の死体、クソ歌姫のケバケバしい画像と、様々な趣味の悪い待ち受け画像が腐るほどあった。

だが突然、それらを凌駕するような画像が正気の目に飛び込んだ。

男のペニスを、胸に挟みながら舐めている、裸体の少女のアニメ画像。

ついにこんなものまで携帯の待ち受け画面用にダウンロードしていたとは。画像のタイトルは「ミーナちゃん」となっている。

正気はショックを受けた。修作がここまで堕《お》ちていて、正気が吐き気を覚えるほどの嗜好の持ち主だったとは。前々から、修作が深夜に放送されているアニメを録画しているのを正気は知っていた。ある日午前二時まで起きていてリビングに下りたとき、ビデオデッキが作動していた。録画マークが表示されていたのでそこに記されているチャンネルに、テレビのチャンネルを合わせてみたのだ。

少女アニメだった。

あるいはそのアニメを少女アニメと呼ぶのは間違っているのかもしれなかった。目がデカイ五頭身の少女キャラクター数人の中に、主人公らしい一浪生の青年が交じっているというキャラクター設定だった。男が主人公だというところからして、男向けのエロアニメともとれたが、かといってエロシーンなどこれっぽっちもなかったのでそうともいえなさそうだった。三十分番組のうちの十分ちょっとを見終えたが、なんともタチの悪いアニメだと正気は思った。オタク的アニメでも、エロはエロに徹していれば正気もなんとか理解できる。だが汚れのない少女たちの当たり障りのない、エロっ気まったくなしのアニメには、言いようのない気持ち悪さを感じた。ストーリーで観せるアニメでもなさそうだから当然、裸になったりしない少女たちの魅力で観せようとしているのがうかがえる。

修作や他の視聴者たちは、このアニメを見てしていいるのだろうか。

そのときに正気が感じたのは、修作に対する、嫌悪感を通り越した不安だった。自分にはとても理解できない嗜好をもった人間が、家族として一緒に生活しているのだ。正気は、修作が一時的な興味だけでそのアニメを見ているのだと自分に言い聞かせ、その晩は眠った。

あれからもう何ヶ月も経つ。だが今正気が握っている携帯電話の画面には、エロアニメ画像が表示されている。

　変わっていなかったのだ。

　正気が一時的だと思っていた修作のアニメ好きは、あの晩から維持され続け、少しずつ発展してきたようだった。あるいは修作のアニメ好きはあの晩よりもっとずっと前、修作の第二次性徴とともに発展してきたのかもしれない。

　正気はこのエロアニメ画像を母に見せるべきかどうか悩んだ。こんな画像を見せれば母はショックを受けるであろうし、その場の雰囲気も気まずくなるだろうと思えた。正気自身は、下ネタで家族が気まずくなった状況においても、居心地の悪さなどはもうなにも感じない。だが一人で恥ずかしがって居心地悪そうにしている母の姿は見たくなかった。

　考えた正気は、「ピクチャー」の初めの画面に戻し、携帯を母に手渡した。

「画像をダウンロードするのにはデータ通信料が高くつくんだよ。それ全部、修作がダウンロードしたものだから。十字ボタンの下を押していけば順に見られるよ」

　正気の説明のあと、母は言われた通りに操作をした。やがて母の目が、指が止まった。例の「ミーナちゃん」の画像を見つけたらしい。正気はそんなことには気付かないというふうに、まだ流れているつまらない映画を再び見始めた。

　正気は良い気分だった。電話で五万円近くも修作は使ったのだ。まして、あんなアニメの画像をダウンロードしたことが母に見つかってしまったのだ。修作に、両親からなんらかの罰が与えられるのは確実だった。

何事か考えている母の姿を正気が横目で見たとき、またEメール着信音が鳴った。母は携帯を畳み、それからほぼ数秒後、修作が階段を駆け下りる音が聞こえてきた。

ズボンのポケットにしまった。

リビングに来た修作は、映画に目線をやりながらウロウロしだした。なにかを探しているらしかった。なかなか見つからないのか、ついに母に尋ねた。

「母さん、携帯どこかで見なかった？」

母は何気ない口調で、

「なにに使うの」

と逆に問いただした。

「いや、ちょっと宿題の範囲を聞きそびれちゃってさ。それを友達に訊いてみようと思ってるんだよ、メールで」

修作は少し笑いながらそう言い、座布団をひっくり返したりしながら探し続けた。

母は突然そう言い、正気に携帯を押し付けた。

「正気、中身見て」

「あ、あるじゃん」

そう言う修作を無視し、正気は携帯を受け取った。修作はここでようやく、なにか異変が起こっていることに気付いたようだった。

「携帯貸してよ」

敵意がこもりながらもやや緊張した声で、修作は正気に言った。だが正気はそれにかまわずにメール欄を開いた。

「母さん、なにを見ればいいの？」

「今届いたメール」

修作の口からなにか声が漏れた。正気は母に言われた通り、未読のメールを開いた。


FROM「管野行一」

題「準備できた？」

高見澤さん、もう準備できた？　忘れないように、約束通りPM十時、ぴったりにメールを送ったぜ！　偉いだろ、感謝しな！

予定より早く九時半頃からもう三人で対戦やってるんだけど、カズヤが親にネトゲー禁止されて、今日は参加できないらしい。

予定通りに参加できそうかい？　まさかパソコンで勉強しているフリが親にバレたとか……ガビーン。

まあ、早く参加してくれよ、地神の勇者！


見慣れた修作の友人の名前。そのあとに続く、くだけた文章。「予定」、「対戦」、「ネトゲー」、「パソコン」、「地神の勇者」という単語から正気は判断してみた。どうやら予定していた時間に修作は友達数人と一緒に、パソコンを使ってネットゲームをするらしかった。「地神の勇者」という修作のハンドルネームと、数人で「対戦」するゲームだというところから、シミュレーションゲームかなにかだろうと窺える。正気の学校にも、廊下でいつもそういう話をしている連中はいるので、すぐにそう推測ができた。

「読んでみて」

母に言われたので正気はそのメールを、抑揚をつけずに読み始めた。

「やめろよ、ふざけんじゃねえよ！」

途中まで読んだとき、修作がそれを止めようとした。修作が携帯を奪おうとするも、正気は体の向きを変えて読み続けた。

「なに人のメール読んでんだよ！」

「黙りなさい」

言い返そうとした正気の代わりに口を開いたのは母だった。

「あんた、また親の目誤魔化《ごまか》してゲームしようとしてたんでしょう。テレビゲームをやっと卒業したと思ったら、隠れてパソコンゲーム、ずっとやってたのね。宿題の範囲を訊くなんて嘘ついて、約束の時間になったから携帯をチェックしてゲームに取りかかろうと思ってたんでしょ」

「ち、違うよ。本当に宿題の範囲を訊こうと思ってたんだよ。それに、パソコンゲームをやらないなんて一言も言ってないじゃん」

「屁理屈言うんじゃないわよ！」

ついに母が怒った。

「もうあんたのノートパソコンはしばらく没収だからね。まったく、遊びにしか使わないんだから。大体、お父さんがお金足して買ってあげたのが間違いだったのよ」

ノートパソコンに向かって仕事をしていた父は、「そうかな」と軽く返事をした。

修作のノートパソコンは、父が十万円ほど、修作が四万円ほど出して買ったものだ。中一の二学期の中間テストで、五十位以内に入ったら金を出してやると父が言い、その通りになったため、購入したのだった。よくもまああんなレベルの低い学校のテストで、と正気はあの頃にはよく思っていた。

「なんで禁止なんだよ」と修作は母に言い返していたが、それにかまわず母はまた別の牙を剝いた。

「修作、あんた先月にどれくらい電話したと思ってるの！」

言われた修作は当惑していた。思い当たる節があるのだろう。

「ああ……勉強の話とか、部活の話とかは結構してたよ」

弱々しく言った修作に対し、正気は思わず笑ってしまった。勉強の話をしてた、と繰り出してくるとは。相当追い詰められていると見た。

「嘘つくんじゃないよ、あんたのことなんかもう信用しないんだからね。五万円分もなに話したのよ！」

修作は目を丸くした。初めて知った五万円という料金に驚き、動揺しているようだ。

「中学生のくせに、なにを友達と話してるのよ！　無駄話しかしていないんでしょう。テレビとか新聞で、直《じか》に人と会うと話ができなくなる人っていうのが増えているって報道されてるけど、あんたもそれに当てはまってるのよ！　自覚がないだけで」

正気は感心した目で母を見た。珍しく客観的、論理的に怒った。

母の言葉で思い出したが、正気の学校にも携帯を手放せない連中が何人もいる。交遊関係が広くて女にもてるような人たちというのは、人とも直に話すし、携帯を「道具」として割りきって使っている場合が多い。数年前までよくニュース番組などで「ケータイ中毒者急増！」などという特集を放送するとき、決まって街中を歩く中高生たちのVTRが流れていた。しかし正気に言わせれば携帯に依存してしまうのはそういう人たちではなく、むしろ家でじっとしているような人たちのほうなのだ。よく観察していると、あまり人付き合いのない人、陰鬱な性格の人ほど、休み時間などに携帯をいじくっている。学校で正気の後ろの席に座っている生徒はいつも、隣のクラスの友人を携帯で呼び出しているし、昼休みになると必ず、屋上へと続く階段の途中でメールを打っている。ムサくて陰気な連中ほど、携帯にハマりやすい。修作も、ついにそのような人種になってしまったというわけだ。

「ちげえよ、俺は友達が多いから仕方ねえんだよ。こいつみたいにだれからもほとんど電話がかかってこないのとは違うんだよ。俺のアドレス帳見ればわかるでしょう、どれだけ友達が多いか！」

こいつ、と修作の指は正気を指していた。正気は、携帯に依存するような幼い精神年齢の人とは友達になりたくなかったし、自然とそれ以外のまともな人たちが集まってきて友達となっているだけだった。正気は口を開いた。

「俺は狭く深くなんだよ。おまえみたいにだだっ広いけど紙のような薄い友情とは違うんだよ」

「うるせえ、嘘つくな！　じゃあなんでアドレス帳におまえの友達の名前はほとんどねえんだよ！」

正気は、本当の友情ってものは携帯で繋がる上辺《うわべ》だけのものじゃなく……などと教えてやろうかとも思ったが、面倒くさいので止《や》めた。その代わりに、違うことを言ってやることにした。

「なんでおまえは彼女もいない童貞のくせに電話ばっかりしてるんだ？　どうせ男同士でアニメとゲームの話ばっかしてるんだろう。まったく、男子校にいるとホモに染まっちゃう奴もいるしな。少女アニメでオナニー、男の同級生でオナニー、まったく、おまえがそんなバイセク野郎になるとは思わなかったよ」

「はあ、バカじゃないの！　ホモのわけねえだろ、頭おかしいんじゃねえの？　大体、ホモをバカにしていいと思ってるのかよ、差別だぞ、差別！」

言っている自分でもわけがわからなくなっているのだろうが、修作は「差別」としつこく口にしだした。どう考えても反論するだけの正当な理由が見つからないから、正気の揚げ足を取るしかないようだった。もちろん、正気は本気でホモを差別しているわけではない。

「下らないこと言い合ってんじゃないよ！」

その母の叫び声に二人とも黙った。父だけが大したことでもないというふうにパソコンのキーボードを打っている。

「修作、あんたはもう携帯使用禁止よ。今後一切、お母さんが許すまでずっと禁止だからね」

修作の顔が瞬時に蒼白になった。

「なんでだよ、ふざけんじゃねえよ！　なんで禁止なんだよ、たまたま先月分が高くなっただけじゃねえかよ！」

「親に向かってなによ、その口のきき方は！」

母の剣幕に修作はたじろいだ。それはそうだ、修作はつい最近までベタベタのマザコンだったのだから。いや、正確に言えば今もマザコンで、その具体的行動を数え挙げればきりがない。修作にはまだ、上辺だけの反抗性がくっついているだけだ。

「これからは兄ちゃんに携帯を管理させることにするからね。正気、今すぐ修作の友達のアドレスとか受信メールとか、全部まとめて消去して。あと、わけのわからない画像とか着メロとかも、全部消して」

「わかった」

正気は言われた通りに消去を始めた。修作は「やめろよ」と罵倒しながら正気の腕を摑んだが、正気は何事もないようにそれをふり飛ばし、トイレに入って鍵をかけた。トイレ内の電気を消されたが、携帯の液晶画面の明かりだけで充分作業ができた。両親と自分の知り合いのアドレス以外、すべてのデータを消去した。

リビングのほうから修作と母の言い争いが聞こえる。トイレに入ったついでだからと正気が真っ暗な空間で携帯の液晶の明かりを頼りに小便をしようとしたとき、ドタバタと修作が階段を上ってゆく音が聞こえてきた。

いい気味だ。携帯が自分のものになったことよりも、修作の楽しみが一つ減ったということが、正気にとってなによりも大きな幸福だった。

修作は乱暴にドアを蹴り開ける。

今度という今度は許せねえ。

この前の土曜日の夜、携帯電話使用禁止になっちまったんだからな。しかも俺のメモリーを全部消しやがって。

修作は怒りを体の内に溜めながら兄の部屋を見まわした。すぐ目の前のギタースタンドに立て掛けてある、アコースティックギターを手に取る。弦の硬さを調節するペグが六つ付いているが、それらをすべて適当に捻《ひね》り、チューニングを滅茶苦茶にした。だがこんなことでは怒りは少しも治まらない。

夕方の空を窓越しに睨む。

修作は本棚の下段を蹴った。蹴ったあとで、そこに置かれているのが父の本だと気付き、また別の本棚にねらいを定めた。そして鎮座している兄の本を何回も蹴った。

あの日に見せられた携帯電話使用料金請求書。確かにあれを見れば、とんでもなく高い請求額だと母が怒ったのも当然といえる。

だがあそこまで怒った理由は、あれだけでは説明がつかない気がする。考えられるのは、兄が口から出任せでなにかを母に言い、自分に対する母の怒りを増幅させたということだった。

それからもう一つ、兄は携帯にダウンロードした着メロや画像を、片っ端から母に聴かせ、見せたに違いない。でなければ、「データも全部消しなさい」なんて命令を母一人で思いつくはずがなかった。

お気に入りの歌姫の着メロも、全部聴かれてしまったのだ。ある日その歌姫がテレビに出たときに、修作は「この人いいよね」と言って家族の賛同を得ようとした。だが母と兄は「キンキン苦しそうに歌ってる、下手糞だね」、「あそこのレーベルはどいつもこいつも糞ばっか」、「整形し過ぎて目が怖いね」などとボロクソに批判したのだ。そこで修作は口から出かかった賞賛の言葉を呑み込み、その歌手のファンだということは黙っていた。それ以来、新曲が出ればこっそりと、着メロとしてその歌手の曲をダウンロードしていた。

おそらく、その着メロを聴いた母と兄は、俺のセンスをまたバカにしたのだろう。考えるとまたムカっ腹が立ってきた。修作は兄が大切にしているマウンテンバイクのギアー部分に大量の唾を吐いた。家の中にまで持ってくるんじゃねえ、こんなクソ自転車。年に数回、友達を集めてキャンプツーリングなるものに行っている。聞こえはいいが、ただの貧乏で野蛮で汚いだけのホームレス旅行じゃねえか。そんな頭おかしくなるような過ごし方より、パソコンゲームをして過ごしたほうがよっぽど知的だ。パソコンゲームもしないとは、やはり兄は猿以下の存在だ。修作はまた唾を吐いた。こんな金属の塊、じわじわと錆びてしまえばいいのだ。

パソコンゲーム、で思い出した。

彼女のこともバレてしまっているのか？

ミーナちゃん。

携帯の待ち受け画像。

修作は軽い眩暈《めまい》に襲われた。兄の椅子に腰掛ける。

ミーナちゃんは、元々はパソコン用ギャルゲーソフトのキャラクターだ。ギャルゲーは、文字通りギャルが出てくるゲーム。アニメ、ＣＧで描かれた登場人物が次々と現れる選択シミュレーションゲームで、上手くいけば、登場する女の子たちとムフフなことができる。ミーナちゃんは、数あるギャルゲー中の人気ソフトのヒロインで、ゲームの他に画像集、ビデオ、声優ＣＤまで販売されている。修作は、その画像やビデオや音声などを、違法な業者から定期的にパソコンにダウンロードして、楽しんでいる。

そんなミーナちゃんの画像が、携帯電話のウェブサイトでも配信されるようになった。携帯の小さい液晶画面の中に、ミーナちゃんの裸体が登場したときの、あの胸のときめき。パソコンなんかつけていなくても、携帯さえ持ち歩けばいつでもどこでもミーナちゃんと一緒にいられるのだ。嬉々としながら修作が携帯にダウンロードをしたのが、つい二週間前だった。

修作は、自分の推測を否定したい。だがそう推測しないと、あそこまでの母の怒りは説明できない。ミーナちゃんは、間違いなく兄と母の目にさらされた。

修作の心の中で、恥ずかしさ、怒り、恐怖が入り乱れる。ギャルゲー、エロアニメ、エロマンガを好きだということが周りにバレてしまった場合、どんな目で社会から見られるか、修作はよく知っていた。修作の学校にもギャルゲーマニアは結構存在し、いつも廊下の隅のほうに集まってはその話ばかりしている。彼らはいつも周りの者たちから気持ち悪がられ、バカにされ、迫害されている。

ある日、ギャルゲー集団の代表的オタク、岡石が、クラスの柄の悪い連中によって黒板の前に連れていかれた。岡石が小太りの顔をオロオロとさせていたとき、連中のうちの一人が突然、黒板に下手な絵を描き始めた。それはどうやら、適当に自作したアニメの少女キャラクターの絵のようだった。するともう一人が「この絵でシコれ。アニメでしかシコれないんだろう？　逆に言えば、アニメだったらなんでもシコれるはずだぜ。さあ、やれ」と岡石を脅した。岡石は敬語を使って笑いながら断っていたが、数人に無理矢理ズボンを脱がされ、下半身をパンツ一丁にされた。

「この絵じゃシコれないのか？　だったらおまえの仲間に描いてもらおう」

連中に言われて、岡石のオタク仲間の大友が、黒板にキャラクターを描き始めた。始めのうちは怯えている岡石を心配そうにしながら描いていた大友だったが、やがて調子に乗って嬉々として描き始めた。ディテールが細かく、目の輝きもちゃんと、チョーク一本で表現されていた。クラス中の皆が笑っていたが、修作はそのとき勃起していた。

大友が描き終えると、岡石は再び「シコれよ」と公開オナニーを強要された。岡石は愛想笑いをしながらパンツを下ろし、分厚い肉の皮で覆われた包茎ペニスを露わにした。そして連中の一人にケツを蹴られ、シコり始めた。昼休みだったので通りすがりの他のクラスの生徒たちもどんどんと見物に来、ギャラリーは六十名ほどになった。だれかが黒板に描かれたそのキャラクターの胸に、「岡石のカーチャン」と書いた。やがて岡石は泣き出した。泣きながらもオナニーを続ける。「泣くほど喜んでるぜ」といったからかいの声があちこちで聞こえた。そしてそのまま、岡石は教壇の上に精液を撒き散らした。そのことでさらにからかわれ、岡石は自分のズボンでそれを拭かされた。それから一ヶ月間、岡石は学校に来なかった。修作はそのとき、用心しようと思った。俺は奴らとは違う、頭が良いんだ。ギャルゲー、アニメ好きでも、隠していればなにもされないはずだ。そう思いながら修作は学校で生き抜いてきた。

だが、ついにバレてしまった。相手は学校の皆ではないから良かったものの、母と兄に、だ。

母はミーナちゃんを見たとき、どう思ったのだろうか。遊びでダウンロードしただけとでも思ってくれたのだろうか。それともやはり……考えたくもない。

恥ずかしい思いをするだけならまだしも、相手が兄だと、それに危険も加わる。携帯のアドレス帳から修作の友達の部分だけ消去したとはいえ、その事実を知らない修作の友人たちからはまだメールが届く。それに対して兄が「ミーナちゃんの画像送って」などとギャルゲーに関する話題で返信したら……ゲーマー友達とはいえ、陰湿に迫害をしてくるだろう。それは可能性の域を越えている。兄ならやりかねない。修作がなにかで兄を攻めたかと思うと、後々に驚くような緻密で陰湿な嫌がらせで、兄は攻め返してくるのだ。

これは一刻も早く兄から携帯を奪い取り、友達のメールアドレスを着信拒否にする必要があった。そうすれば友人たちからのメールは兄には届かない。友人たちには、あとで適当に事情を説明すれば良い。しかしリビングにもこの部屋にも、どこにも携帯はなかった。兄が学校に持って行っているのだろう。

今日も兄は部活で遅くなるらしかった。そのことは朝、二人きりのときに母から訊き出した。兄の目の前で訊いたら、怪しまれるに決まっていたからだ。

曇りのためか、夕方の景色はもうかなり暗い。修作は卓上電気スタンドのスイッチをつけたが、慌てて消した。カーテンは開けっ放しにされている。つまり、電気をつければ外からわかってしまうということだ。そのときに兄が帰ってきたら大変だ。家の十数メートル手前で、自分の部屋にだれかがいることがわかってしまうのだ。修作は明かりもつけずに、限られた時間の中であさりを遂行するしかないようだった。

はて、どこをあさろう。前回あさったときは、その数日後に兄はあさりに気付いていた。完璧に証拠を消したのに、どうしてバレたのだろう。兄のハッタリかもしれなかったが、用心するに越したことはなかった。

修作は、前回手をつけた場所をあさるのは止《よ》しておくことにした。ゆえに、メインとなる〝机あさり〟はできない。それでも他に沢山あさる場所はあるので問題はないのだが。

しかしそうこう考えているうちにますます空は暗くなってきた。それに比例して部屋も暗くなっているのに、電気をつけることはできない。無理矢理にでもあさってしまったりすれば、後々の証拠隠滅作業が満足にできない可能性がある。よって、比較的簡単にあされる場所に限られてくる。

収納スペースのドアの取っ手に手を掛ける。中を見ると、スキー用品、キャンプ用品、釣り用品、古い灯油ストーブ等が置かれていた。大型リュックサックを手に取る。予想外の重さに、一瞬修作は転びかけた。なにが入っているのだろう、ファスナーを開けた。ガスランタン、ガスボンベ、折り畳み式鍋、ビニール袋、よくわからない部品等、キャンプ用の小道具ばかりが入っていた。底の方に押し込められていた袋の中には、なにやら白い塊があった。なにが隠れているんだと期待して手にとってみるが、粉っぽい手触りしかなかった。どうやら石膏らしかった。美術の授業のときに使ったので修作にはすぐにわかった。見てみると、縦横十センチで厚さ二センチほどの石膏の真ん中に、平たい窪みがあった。暗過ぎてなにかはわからない。これになにかを流し込んで、別のものを作ったのだろう。修作は石膏を元に戻した。

釣り道具入れを軽くあさってみたが、なにもない。干涸びたミミズに触ってしまったときは驚いた。釣りに行ったとき、餌のミミズを道具箱の中に数匹入れたまま、帰ってきてしまったのだろう。汚い。野蛮人だ。魚なんか買って食え。

収納スペースの中は部屋の中でも一層暗く、それ以上のあさりをするのは無理だった。見落としているあさりの証拠がないかチェックしながら、修作は収納スペースのドアを閉めた。

足で床を強く踏みつけた。修作の怒りはまだ治まらない。せっかくあさる時間ができたというのに、よりによって今日が曇りの日でしかもカーテンが全開になっているとは。この前の復讐ができると思っていたのに。一つでも多くの被害を兄に与えてから撤退したい。修作はとりあえず、またマウンテンバイクのギアー部分に唾を数回、吐きかけた。

ふと、オーディオラックの上に目を留めた。銀色に輝く円柱型。

これしかない、と修作は思った。

修作はその貯金箱を両手で摑んでみる。二、三キロの重さを感じる。貯金箱の裏底を確かめる。取り出し穴はついていない。つまり中身はだれにも取り出せないようになっている。だれも中に幾ら入っているか確かめようがないということだ。中身が減っていても、兄だって気付きはしない……。

修作は貯金箱の硬貨投入口を下に向け、小刻みに振り始めた。

数十秒経ったとき、床に硬貨が転がる音がした。転がり続けるそれを修作は足の裏で止める。足をそっとどかす。

五百円玉。ひょっとしたらと思い、修作は貯金箱の側面を見る。「三十万円貯まる貯金箱」と記されている。「五百円玉を入れた場合」とも記されていた。

こいつは大きい収入だ。しかもそれでいて大きい仕返しだ。兄に復讐しながらこちらの懐《ふところ》も温まる。なんという素晴らしいあさりだ。なんでこのことに今まで気付かなかったのだろう。でもよく考えたら昔、修作は兄の財布から直接金を盗んだりしていた。今に始まった復讐法ではない。

修作はなおも貯金箱を振り続ける。約一分おきに次々と五百円玉が出てくる。修作がズボンのポケットに回収した分だけで、もう五枚、つまり二千五百円だ。なにを買おう、そんなことを考えながら修作は振り続ける。

正気は歯磨きをしようと思って洗面所に足を踏み入れた。先客がいた。修作だ。いつものように洗顔フォームで顔を洗い、整髪料で髪形を整えている。それにもかまわずに正気は洗面台から歯ブラシを取り、ブラシの先端に歯磨き粉をつける。そういったとき、いつも修作は縮こまったような体勢になる。修作は修作なりに、〝モテ男くん〟に変身するところを見られるのを恥じているのだろうか。

百七十センチしかない身長、エラの張った頬、そしてミューテーションを起こしたかのように異様に出っ張っている、しゃくれた顎。どれも時代の〝モテ男くん〟像からは逆行しているのにも拘わらず、どうしてあんなに自分に対して盲目的になれるのだろう、と正気は純粋に不思議に思う。正気は常日頃から低身長、エラの張った頬、しゃくれ顎の人のことを嫌悪したり馬鹿にしたりする気持ちを抱いているわけではない。だが修作がそれらに見事に該当しているため、正気はそこを欠点として突きたくなってしまう。修作の西欧人嗜好の影響を受けていないわけでもないが、修作への憎しみが、それらを欠点として考えさせてしまう。

修作が家を出た。正気は時計を見る。六時四十分。正気は十分後に出発することにした。これもいつものことだ。家から駅まで、千葉県の郊外だから仕方ないが、片道六キロある。そこを正気が普通に自転車で行くと十六分で着く。それに対し修作は二十五分もかかってようやく駅に着く。いくら三歳違いとはいえ、それほどのタイムの差は修作の身体能力の低さからきているに違いない。

時折、運動生理学などなにも知らない父が修作の太股を触って、「競輪選手みたいだな」などと言う。それは単に乳酸が溜まりやすい使えない体であるだけなのだが、修作は得意気な顔をする。

しかしそんな修作でも、球技だけは得意らしかった。正気はその姿をもう何年も見ていないが、修作のサッカーの試合を見に行ったあと、両親はよく感心している。両親とはいえ誉め過ぎなくらいに誉めているため、少なくとも、学校の体育の授業で「運動できないグループ」には入らないくらいの素質はあるのだろう。

正気はそこが忌々しかった。マニア、オタク連中というのは大抵、運動神経が悪い。体育の時間に除け者にされ、休み時間にはからかわれる。

修作がノンケの皮を被っていられるのも、体育の授業ができるからだと正気は推測していた。小、中、高という学校組織では、体育ができる生徒はとりあえず気持ち悪がられたりはしない。修作はそれを上手く利用し、オタク色をカモフラージュしているのだ。どうにかしてその化けの皮を剝がせないだろうかと正気は考えるも、通っている学校が違うのでどうしようもない。家族にバラしたって大して修作はダメージを受けはしない。洗面所に立ち、正気は不満も一緒に流すかのように口をゆすいだ。

六時五十分。この時間ならば大丈夫だ。正気は駅までの清々しい通学路で、修作とすれ違いたくなかった。たまに正気は修作が家を出てからあまり時間を置かずに家を出てしまうことがある。そのときは大抵、走っているうちに蟹股で走行する修作の姿が見えてくる。正気はそれを追い越すとき、いつも自分の心拍数が上がるのを感じる。スピードを出しているわけでもない。突如襲ってくる、修作への嫌悪感によってだ。

今日は大丈夫。充分に修作との間を置いた。イヤフォンを両耳にさしこみ、MDウォークマンで「KEY TO THE HIGHWAY」を聴きながら、正気は自転車にまたがった。

先日の部活は筋トレとランニングだったが、今日は校庭練習。正気は数ヶ月ぶりにラケットを握った。正気のラケットは部室に置きっ放しにされており、ラケットを忘れた者用として勝手に使われていた。おかげでグリップのゴムがボロボロだった。三十分くらい打ったあと、正気はコートから出た。都会の学校だから敷地は狭く、テニスコートは二面しかない。なのに中学生も高校生も一緒に練習するため、いつも定員オーバーだ。普段は参加しないのに急にデカイ顔をするのも気がひけたので、正気は後輩にコートを譲ってやった。

同級生数人と雑談していた正気はそれにも飽きたので、コートの向こうの校舎目掛けてでたらめにサーブを打ち続けた。

「体が覚えているようだな……」

正気は声がした方を振り向いた。中二の青野だった。

「お、久々だな」

「それはこっちのセリフですよ、高見澤さん」

「俺、今月に入って四、五回筋トレに参加したけど、おまえの姿は見なかったぞ」

「だって筋トレなんて面倒じゃないですか」

「なにを言ってやがる」

言われた青野は、ボケーッと阿呆のフリをした。相変わらず、ギャグのセンスは鋭い。

青野は、正気が高一の頃に中一の新入部員として入部してきた。当時から精神的に熟していて、彼らにとっての先輩、今の高一や中三たちよりも、ずっと大人びていた。

二人は様々な話をしているうちに、文化祭の話題に落ち着いた。

「高見澤さん、やっと俺、彼女ができそうになりましたよ」

「本当か？　どこで知り合った」

「関商女子の文化祭で、ナンパしてメールアドレス聞き出しました」

「どうやって？」

「一人で乗りこんで行って、手当たり次第」

よくやる奴だ、と思いながら正気は笑った。

「高見澤さんは？」

「俺はこの学校の文化祭で……やっぱ秘密だ」

「童貞失いましたか？」

　フフフと意味深な笑いをして正気は誤魔化した。

「そういえば、俺の弟も栄実女子の文化祭に行くらしい」

「え、兄弟でそんなこと話すんですか。仲悪いんじゃなかったんですか？」

「いや、家族兼用の携帯に、弟の友達からのメールが入ってたんだ。それにそう書いてあった」

「人のメール読むなんて最低じゃないですか」

「俺の弟、先月に五万円分も使ったから、携帯使用禁止になったんだよ。弟宛のメールなんか今まで読んだことなかったけど、読まなきゃ削除できないし、目障りなんだよ。まあそれが俺のささやかな仕返しだな」

「そうでしたね。確か高見澤さん、弟に部屋の中をあさられまくってるんですよね。修作君……でしたっけ？」

「よく覚えていたなあ」修作の名前まで覚えていたとは。青野の記憶力に驚嘆した。

「まだ、あさられてるんですか」

「そう。数時間、俺が外出する度にね」

　正気は青野には修作のことをよく話していた。あさられた、馬鹿だ、等の大雑把なことを。

「辛いカレーを高見澤さんたちが平気で食べているとき、修作君がなぜか嫉妬して、辛味というのは痛みだから、それを美味いって言う人は見栄張ってるだけなんだよ、って怒りだしたりとか、まだそういうことはあるんですか？」

「おまえ、なんでそんなことまで覚えてるんだよ。話した俺が忘れかけてたよ」

ここが違うんだよ、というように青野は自分の頭を指差した。正気はそれを軽く突く。

「あいつの精神年齢は本当に幼いからな。中二だぜ、中二。おまえと同い年だぜ、青野。俺が中二の頃だって、あんなに幼くはなかったよ」ため息交じりに正気は言った。

「でも仕方ないんじゃないですか。そういう幼い人がいるからこそ、僕らは相対的に幼くない人として存在できるわけですから。あ、しゃべり場みたい、恥ずかしい」

最後のほうを茶化して青野は言った。正気も青野の言うように、少しはそう思える。それよりも、青野があまりにも正気に対して納得できるコメントをしてくるため、青野は本当はヨイショしているだけなのではないかという疑念が少し湧く。老成した青野のことだから、そういうことも充分に考えられた。

「まあ、修作君にも彼女ができれば、高見澤さんの部屋をあさったりはしなくなるんじゃないですか」

「そうなったら良いんだけどな。でもあいつに彼女ができるわけないんだよな」

「そうですかね」

「そうだよ。仮にだれかと付き合ったとしても、相手のほうがそのうちに修作の陰湿さに気付くはずだからな。長く付き合うのは無理だと思うよ」

青野は間を置いてから口を開いた。

「じゃあ僕が今度、力を貸してあげますよ」

それからしばらく二人は黙ってコートを眺めていた。中一が中二に怒鳴られているが、その構図が微笑ましかった。

ぼんやりと辺りを眺めていたら、校舎二階の渡り廊下を素早く横切る人影を五つ、正気は確認した。

「高見澤さん、今、渡り廊下見てました？」

「うん、おまえも見てたのか」

「ええ、太った人が、凄い形相で前の四人を追いかけていたような……」

「ファンリルだよ」

「ファンリル？」

そう、と正気はうなずいた。

「またファンリルが、数人にからかわれてキレたんだと思う。筋肉は全然ないけど、決して小さくはない程度の身長と横幅があるから、あいつがキレて走ってくるとかなりの迫力があるぜ。ファンリルが他のオタクと違うところは、やたらとキレまくるというところだな。そんなキャラだから、また皆にからかわれるというわけだ」

「ファンリルっていう人はオタクなんですか？」

「そう。パソコン、アニメ、ゲーム全般のね」

飛んできた軟式ボールを避けてから青野はまた訊《よ》いた。

「ファンリルっていうあだ名はどこから来たんですか？」

ああ、と言ってから、正気はもったいぶるように話し始めた。

「昔、俺らが中二だった頃、担任の教師がクラス内での交換日誌を始めたんだ。日直日誌とは違うぞ。大学ノートに、出席番号順に好きなことを半ページ書くというものだった。皆結構、ウケ狙いになるようなことを書いたりしてた。俺の場合は……」

「そんな前置きはええねん」

「それでな、森橋の……それがファンリルの本名なんだけどな、その森橋の出席番号の前三人が、これまたオタクだったんだ。森橋も含めれば、マ行に四人、オタクが連ちゃんで固まってたことになる」

「それでそれで」と青野が急《せ》かす。

「森橋の前の三人が、その日誌に内輪ネタを書いたんだ。一人目がナントカの勇者とか剣とか書いてて、二人目が架空のロールプレイングゲームのストーリーを書いたんだ。ついに三人目は、少女のイラストまで描き出す始末。そして次の番の森橋は……」

「森橋は……」

「なんと自分の名前を書く欄に、ナントカのナニナニ魔道士、ファンリル、って、書いたんだ。前の三人がオタクなことを書いてしまったために、それに興奮した森橋は、さらにエスカレートしたことを書いてしまったんだな。大体四ページくらいかな、ズラーッと騎士がどうの魔法がどうのというストーリーを書き連ねていたんだ」

「ヒェー」

正気はそこで一つ咳払いをした。

「ある日俺の友人が、教卓の上に置かれていたその日誌を読んだんだ。そして、俺たちのことを呼んだんだ、気持ち悪い奴らがいるぜ、と。実際に読んでみると、俺もかなり驚いた。そりゃ、マ行のオタク四人組が、たて続けにあんなことを書いていたんだからな。皆の一致した意見だったが、やはり最後の森橋のものが一番気持ち悪かった。ファンリルって名前だぜ、日誌に書いたってことは、それを教師に見られてもいいって思ってたってことだ。それを見たら、教師だって反応に困るってもんだ。それでその日の昼休み、森橋に向かって数人で『ファンリルファンリル』、とからかって呼んでみたんだ。そうしたら突然立ち上がって、ファンリルがさっきのように追いかけて来たというわけさ」

「そんなストーリーがあったんですか」

「うん」

正気は大して気のなさそうな返事をした。ファンリルからかい——いじめまでは発展してはいない——は、ファンリル本人が決して教師に訴えないため、長く続いている。なんのプライドがあるのか知らないが、教師に訴えれば大方のからかいは収まるというのに、と正気は思っていた。だがそうは思っている正気も、中二の頃から高一の頃まで、先陣を切ってファンリルをからかっていた。けれどもそのうちに、正気のファンリルへのからかいは自然消滅した。良心が咎めたわけではない。ただ単純に、飽きたからだった。

「あ、思い出した。文化祭の準備委員で一緒だった先輩が、陰でファンリルって言われてました。そうか、あの人がファンリルだったのか。喋り方はその筋の人っぽかったけど、割と普通の人っていう印象でしたよ」

青野が突然そう言った。

「それは皮を被っている状態だよ。あいつは他のオタクと違って、自分がオタクだということを隠したがるんだ。でもそれを隠したがる必死な姿がまた面白くて、よけいに皆にからかわれるんだ」

「自分がオタクだって気付いていない奴って、危ないですよね。格闘技を習っちゃうような連中に、そういうのが多い」

会話しながら正気は気付いた。

ファンリルと修作はよく似ている。ファンリルは学校であからさまにからかわれ、気持ち悪がられている。勉強もできそうでできないし、運動神経など皆無に等しい。顔もかなり気色悪く、はっきり言って取り柄がない。

修作はどうだろうか。おそらく、彼がオタクだということを知っている人は彼の学校にはいないだろう。知っているのは正気だけだ。レベルの低い学校ながらも修作は平均以上の成績はとっているし、部活のサッカーだって上手いらしい。傍から見れば、まったくのノンケの人だ。

だがそれも上辺だけだ。見抜ける人には見抜ける。といっても、修作の裏を見抜けるのは、今のところ正気だけだ。修作がファンリルのようにからかわれないのは、やはり球技ができるということの一点が大きいはずだと正気は推測する。それに日常の些細な行動でも、修作はオタクの面影を少しも滲ませたりはしない。

「ファンリルは未だにからかわれまくってるんですね」

「ああ、ロングランだ」

「高見澤さんは、もうからかったりはしてないんですか？」

「先陣を切ってからかったりはしないな。遠巻きにからかう程度だ。でもやっぱり飽きたな。まだ積極的にからかっている奴らはいるけどさ、俺はちょっともう呆れてきてるんだよな。それしかすることはないのか、って」

事実、始終ファンリルなどのオタク連中をからかうことでしか時間を潰せないような連中も少なからずいた。オタク連中を下に見ることでしか学校での自分の立場を確保できない者たちも含まれている。

「高見澤さん、偉そうなこと言ってますけど、高見澤さんにファンリルをからかう正当な理由はあるんですか？」軽く笑いながら青野が訊いてきた。

「……うん、ええっと……ある」と言ってから正気は記憶の糸を手繰《たぐ》り寄せた。

「確か中一の頃だったかな。俺とファンリルは隣の席になることが多かったんだ。目が悪い者は前列に席を配置されるからだ。それで休み時間とかに、ファンリルはよく俺にガンダムの話とかをしてきたんだ。俺も小学校中学年の頃まではテレビでガンダム見てたから、なんとか会話を繋げてやってたんだ。それでな、ファンリルはいつも喋るときに唾を飛ばしてくるんだよ。ある日、それについて俺は文句を言ったんだ。そうしたら突然、殴られた」

　青野が噴いた。

「びっくりしたぜ。さっきまで唾飛ばしてたと思ったら、今度は俺のことを睨みつけながら涎をダラダラと垂らしまくってるんだからな」

「気持ち悪いし、ムカつきますね」

「でも、これといって動機となるものはその事件くらいだな。廊下で突然、ファンリルの脂肪ブヨブヨパンチを食らったことはあったけど、それだって俺のからかいに対しての復讐という感じだったし。血で血を洗う抗争をしているわけだ。けれども俺がファンリルを攻める理由、嫌う理由のもっと根本的な原因っていうのがなんなのか、今一つはっきりとしないんだよ。さっき話した事件がその原因だとは考えられるけど、俺は自分でもそうじゃない気がするんだ。自分でもこの敵対心がどこからきたのか、もう今となってはさっぱりわからない」

「生まれる前からDNAに、お互いを嫌うようにプログラムされていたのかも」

「運命説か……」正気は、あながちそれも間違ってはいない気がした。そして思った。

修作と自分の関係もそうなのかもしれない。日頃、近くに寄っただけで感じるあの苦しさ。あれは修作のあさり行動、精神年齢の低さだけでは説明がつかない気がする。正気は、お互いに嫌い合うようになった原因を懸命に思い出そうとしてみた。

考え事をし始めた正気を見て、青野が言った。

「ニワトリと卵、どっちが先に誕生したか、という問題に似ていますね。ファンリルと高見澤さんは、どっちが原因を作ったのか、なぜ憎み合ってるのかもわからないままでいるみたいですね」

そうだ、青野の言う通りだ。

ニワトリと卵の謎。正気は小学生の頃、担任の教師に「始祖鳥と卵」と教えてもらった。後々になって、始祖鳥ではなくニワトリが正しいと知ったが、始祖鳥のほうがその謎の意味に合っている気がしたし、しっくりときた。

始祖鳥と卵。

修作の陰湿的行動、修作への嫌悪感。

どちらが先なのかわからない。修作の陰湿な行動に対して自分は嫌悪感を抱いているものだとばかり思っていた。

先に嫌悪感があったのか？　そう考えてみたことなどなかった。ひょっとしたら、先に修作に対する嫌悪感を抱いていたのかもしれない。嫌悪感を抱けば、おのずと修作の行動すべてが陰湿で、怒りを感じるものに思えてくる。他の人が聞けば笑い飛ばせるような嫌がらせでも、正気の心には重くのしかかり、怒りで押し潰されそうになる。

ではその嫌悪感はどこからきたのか？　そう考えると修作の陰湿な行動が先にあるような気がする。でもその行動をはっきりと思い出したりはできない。するとまた嫌悪感が先だったような気もする。

修作に関することなら他にも色々と「始祖鳥と卵」の関係が当てはまる。自分と修作、どちらが先に相手を憎みだしたのかもわからない。

「あ、あそこ」青野が突然言ったので、正気は指差された場所、校舎二号館と三号館を隔てる細い公道に目をやった。

ファンリルが走っていた。だれかを追っかけているようだったが、その相手は見えなかった。それはそうだ。あんな肥満体で追いつくはずもない。それにしても今日は頑張って走ってるな、と正気はファンリルに感心した。

「追いかける以外の解決方法を見つければいいのに」

「奴は最高のエンターテイナーだ。そんなことは考えないよ」

やがてファンリルの姿は三号館のロータリーの奥へと消えた。周りにいた中学生たちが、その場に残された異様な雰囲気を珍しがっているようだった。

「世の中、主観的な人間が多過ぎる。自分をもっと見つめ直したほうが良いですよ」

「ん……そ、そうだな。ファンリルには、己がどうしてからかわれるのか冷静に考えてみる必要があるな」

「ヒーリングルームにでも行くべきですよ」

「ヒーリングルーム？」正気は訊いた。青野が呆れた顔をした。

「覚えていないんですか。ほら、週に一度、心理学の先生がこの学校に来て、カウンセリングをしてくれるってやつですよ。保健室の隣の空き部屋に、化学の女教師が入っていくのを先週の……水曜日かな、見かけましたよ」

そういえば新年度の初めに必ず、その案内プリントが配られていたのを正気は思い出した。もっとも、正気は毎回すぐにそれをごみ箱に投げ入れてはいたが。

「その教師はなんのカウンセリングを受けたんだろうな」

「それはわかりませんよ、相談者の秘密は漏らしちゃいけないんですから。ただ、カウンセリングといっても幅広いらしいですよ。ただ話を聞いてもらうだけでもいいし、軽い悩み相談でもいいらしいですしね。だから多分、授業を聴いてくれない生徒とどう接すれば良いのか相談してみたんじゃないですかね」

幅広いカウンセリング、か。

「水曜日に見かけたってことは、今日も水曜日だからカウンセリングをやってるってことだな」

「そうですけど……」青野は薄笑いを浮かべた。

「まさか、高見澤さん、今日カウンセリングを受ける気ですか？」

「まさか」正気は笑い飛ばした。冷や汗が出た。

「ファンリルを無理矢理にでもヒーリングルームに連れて行こうと思う。あいつは自分を知る必要があるからな」

正気の説明を聞いても青野はしばらく、斜に構えた態度でニヤついていた。

青野は時折、自らの客観的観察眼を、大人ぶった仕草でアピールしようとする。そこだけが、彼の幼さと言える。だが、刹那に垣間見せる中二らしい幼さに、正気は幾許《いくばく》か安心してもいた。

しばらくしてから、正気はテニスコートに乱入した。


確かに「ヒーリングルーム」と彫られた小さい木の看板が、ドアノブに垂れ下がっていた。部屋には明かりもついている。午後五時半。テニス部の仲間はもうほとんど帰ったし、他の運動部員たちの姿もちらほらとしか見かけない。

ドアノブに手を掛けたとき、近くのドアが開く音がしたので、正気は慌てて靴紐を結び直すフリをした。こんなところを知人に見られたら恥ずかしい。そっと顔を上げると、トイレから用務員が出てきただけだとわかった。再びドアの前に立つ。

どうしよう。本当に入って良いものだろうか。

ふと、曇りガラスの向こうで人影が動いたような気がした。ドア越しの自分に気付いたのかもしれない。正気は背中を押されるようにドアをノックし、部屋の中に顔を出した。

「失礼しま……す」

突然弱気になった正気は困惑気味に挨拶をした。部屋の中を見まわすとすぐに、白衣を着た女の人を見つけた。

「あ、はいどうぞ。中へ入ってください」

そう言われた正気は少し縮こまったような格好で部屋の中へ入った。入ったは良いがなにをすれば良いのかともじもじしていると、その女の人は「そこのソファに座ってください」と指示してくれた。

こんな柔らかいソファまであるとは。てっきり物置にでもなっている空き部屋だと思っていたが、シンプルながらも白で統一された部屋の中は、隣の保健室並に清潔感が漂っている。

女の人はなにか他のことでもしていたのだろう、ファイルをカバンにしまっていた。そのときにようやく、正気は相手の顔をよく見た。

三十代半ばくらいだろうか。ショートカットで長身だ。二十代の頃には美人の部類に入っていただろうと思われる。そこまで考えて正気は心の中で苦笑した。女のことなどなにもわかっていない自分が、なにを品定めなんかしているのだろう、と。

正気はもっと高齢で白髪の男の人、森本レオみたいなおじさんを想像していた。中途半端に若い女の人がカウンセラーだとは思ってもいなかった。正気が目をキョロキョロさせていると、女の人が口を開いた。

「ここヒーリングルームで週一回、カウンセリングをさせてもらっている竹谷です。よろしく」

少し早口な喋り方だった。正気も自己紹介をした。

「高二Eの高見澤正気と申します」

「高見澤君ね。リラックスしていいからね」

「はい」と正気が答えると、竹谷先生はなにかのリモコンのスイッチを入れた。すると部屋の隅にあったCDコンポが起動し始めた。リラクゼーションBGMか。意外と本格的だな。

だが正気のその考えはすぐに打ち消された。風の音なのか尺八の音なのかよくわからないサウンドが、スピーカーから流れてきた。それらの音はリズムを刻んでいたかと思うと、突然不規則に乱れ鳴ったりする。雄叫びのような声が聞こえてきたので、ようやくそれが民族音楽かなにかだろうと理解できた。

なぜ民族音楽なんだ。正気の疑問を察したのか、竹谷先生が答えた。

「あ、この音楽はねえ、私がリラックスするためにかけてるの。どうせここに相談に来てる人なんか、リラクゼーションって感じのBGMを流されても、よけいに緊張するだけでしょう。だったら私自身がリラックスして、適確な反応を示せるような音楽をかけたほうがマシかなって思ったの。不快だったら止めるけど？」

「いいです」、とそれを断ってから正気は竹谷先生を見直した。こんな型破りのBGMを流すとは。テレビでよく見かけるようなカウンセラーたちとは格が違うのかもしれない。良い意味でだ。正気は希望をもった。この先生なら、この胸の内の悩みを消してくれるかもしれない。

「お茶でも飲む？」

正気は拍子抜けした。もう本題に入ると思っていたからだ。いつになったら本題に入るのだろう。もう入ってもいい頃だと思うが。

まあいい。プロにはプロなりのやり方があるのだろう。関係ない話で打ち解けさせてから、やっと本題に入るという作戦なのだろう。正気の前にお茶を置くと、竹谷先生が口を開いた。

「それで、どういう相談ですか」

またしても正気の考えはすぐに打ち破られた。いきなり本題に入った。

「えっとですね、学校の中でのことじゃないんですけどいいですか？」

「勿論」竹谷先生は微笑みながら答えた。正気はそれに気を許した。

「実は、弟についてのことなんですけれども」

「はい」

正気は言ってみたものの、なにから言えば良いのか考えていなかった。このヒーリングルームに入るかどうかもはっきりと決めてはいなかったのだ。その様子を見た竹谷先生は助け舟を出してくれた。

「弟さんの悩みについて、高見澤君が代わりに相談しに来たの？」

「違います」と正気は即答した。修作の抱えている悩みについて相談する、そんなことはあり得ないことだった。

「僕と弟の関係についてです」

なるほどというふうに先生は頷いた。先生はそのまま質問したりはしないようだったので正気は口を開いた。

「簡潔に言うと、僕は弟のことをどうしても好きになれないんです。いや、好きになれないというレベルではなく、激しい嫌悪感を抱いています」

先生はまた無言で頷く。

「憎み合っているのはお互い様で、弟のほうも相当、僕のことを嫌っています」

ここまでは迷わずに正気の口から言葉が出てきた。だがその次にはなにを説明しよう。

「それでその憎み合いを解消したいのね」

「はい」

竹谷先生は少し考える素振りを見せてから言った。

「高見澤君自身がその問題をどうにかしたいと考えているのなら、もうその問題は半分解決しているようなものじゃないのかな？」

正気はゆっくりと首を横に振った。

「確かに、僕は弟と仲が悪いことについて、兄弟なんだから純粋にどうにかしたいとは思っています。でも、それ以外の理由のほうが大きいんです」

「それ以外の理由」

「そうです。僕の親戚の人たちで、仲の悪いオジサン兄弟がいるんです。その二人はなにかの行事で顔を合わせる度に、お互いに嫌悪の渦を作るんです。それで大体、金の話でいざこざを起こすんです。そしてその光景を見ている周りの人たちは、陰で二人の人間性の話をしたりします」

正気は次を言おうかと考えた。これを言ったら竹谷先生にも人間性を疑われるかもしれない。だが言うしかないだろう。

「僕は、世間体のために兄弟の仲を円滑にしたいんです。大人になったとき、まだ二人とも憎み合ってたらどうでしょう。周りで見ている人たちは、僕らの人間性を疑うはずです。さっき話したオジサンたちのように」

竹谷先生がなにかをノートに書いた。正気は続ける。

「僕が気にしているのは世間体だけなんです。例えば僕が結婚して家庭をもってしまったりすれば、兄弟で顔を合わせることなんて滅多になくなるでしょう。生まれる子供たちには叔父さんの顔を見せてあげられなくなるでしょうが、仕方ありません。けれども顔は合わせなくとも、兄弟の仲の悪さというものを、少なくとも親戚の人たちは敏感に察知するでしょう。なにより、両親に知られたくないんですね。息子たち二人が、成人しているのにまだ憎み合ってると知ったら、両親は死ぬにも死に切れない思いでしょう。それだけは将来、避けたいんです」

「はあ、なるほどねえ」竹谷先生はシャープペンシルの尻で鼻をつつきながら答えた。ドアのすぐ向こうで、テニス部の後輩たちの声が聞こえた。ここに冗談半分で入って来たりするなよ、と正気は軽く心配した。

「じゃあ、どうして高見澤君は弟さんのことを憎んでいるのか。その理由を教えてくれる?」

竹谷先生はついにこの質問をしてきた。しかし。

「あの……、憎しみ、恨みというものが多過ぎて混沌としていて、なにから話して良いのかわからないんですけど……」

正気は参っていた。「どんなところが憎いのか」の質問には、いくらでも具体的な例が溢れ出てくる。ただし、どこから話せば良いのかわからない。

竹谷先生はゆっくりと言ってくれた。

「別に、体系立てて言わなくてもいいの。断片的に、箇条書きみたいな感じで言ってくれれば良いから」

正気はその通りにすることにした。

「まず……僕は、精神的に幼い人っていうのが、馬鹿にする程度じゃなく、苦手なんです。会話が噛み合わなかったり、感情で行動したりとか。それで、その精神的に幼いっていうのは弟によく当てはまるんです。家の外で幼いことをしている分には良いんです。その行動を第三者が見て、『こいつは幼い』とか『青臭い』等と判断するわけですから。当然、第三者たちからの『幼い者』への接し方も変わってきます。つまり、社会的に馬鹿にされるというわけです。しかし、精神的に幼い弟が、家にいる場合はどうなるか。第三者の視点をもつ人がだれもいないため、弟は幼さを指摘されることはありません。よって弟は、自分の考え、行動はすべて正しいもの、成熟したものだと勘違いしてしまいます。どんなに幼く間違ったことを言っても、弟の中でそれが正しいと判断される限り、彼に反対する者のほうが、馬鹿、幼い奴、というように映ってしまうわけです」正気は一旦息をついた。

「彼から見た幼い奴、それが僕になるというわけです。第三者から見れば、彼の幼さは明らかなのです。しかし、第三者の目などは必要ないし、なんの効果ももたなくなるのが、兄弟間なんです。どちらかが自分の精神的な幼さに気付かない限り、この対立は終わりを迎えないのです」言いながら正気は混乱してきた。それに、まだ抽象的なことしか話していない。具体的な話をしなければ。

「例えば、テレビで性格判断などをやっているときには、弟は己にほとんど当てはまりそうもない選択肢を選んでいき、最終的に出た自分の理想の性格を見て、周りの者に自慢します」こういう具体例で良いのだろうかと思いながらも、正気はかまわず喋る。

「ニュースで、テロリストがどこかを攻撃したという報道をしたりします。するとそれを見て弟は『バカだね、あいつら』と一丁前面《づら》して言い切ります。政治的背景などなにも知らないまま、悪や非人道的なことはすべてひっくるめて『バカ』という単語で言い表してしまうのです。中二にしてはあまりにも短絡的な思考です」

正気の口は次第に滑らかになった。修作の様々な失態が、脳裏に連続的に浮かび上がる。

「大学でやる授業を学校で受けている」と自分が家族の前で言った翌日、弟の机の上に大学生向けの専門書が置かれていたこと。好きな女性タレントなどいないと言っているくせに、特定の女性タレントが出ているCMが放映されると、首を動かしながら凝視していること。山手線にいつも乗っていることを、「日本の中心電車だ」と月に一回はなぜか自慢し……。

数分間、正気は弟の幼さを語り続けた。

「弟さんの幼さ、というものはよくわかったわ。でもそれだけじゃ、そんなに憎しみは湧いてこないでしょう。弟さんが高見澤君にしてくる、嫌な行為っていうのがあるはずよ。それを話してみて」

「はい、わかりました」

それならきっぱりと言える……と思ったが、この質問に対する答えも多過ぎる。と同時に、さっきも先生はこれと同じ質問をしていたことを思い出した。自分が勝手に、弟の幼さを語り出してしまったのだ。まあいい。腹が立つ順番に、修作の悪行を述べてみよう。

「弟は、僕の机の中をあさるんです」先生が興味深そうな目をした。

「机の中だけではありません。本棚、収納ラック、リュックサック、収納スペース、パソコンの中のデータ、とにかくありとあらゆるもの、場所をあさってきます」

正気は話した。外出中に、弟が部屋中をあさること。あさった証拠を隠滅しようとはしているらしいが全然隠滅できていないこと。またその拙さに、麻薬中毒者のような盲目性を感じること。日常の些細な嫌がらせ等も、思いつくままに喋った。

修作のことをこれほどまでに詳しく人に話す、ということを正気は今までしたことはなかった。竹谷先生に修作の実態を知ってもらっただけで、幾分かの毒が体から抜け出たような気がした。人に自分の話を聞いてもらうという行為には、馬鹿にできない効果が秘められているのだと正気は初めて知った。

竹谷先生は部屋の隅にあったパイプ椅子を、正気の右斜め前に置いた。だれかを呼ぶのだろうか。

「それじゃあ今度は、弟さんが高見澤君のことを恨む理由を教えてもらいます」

「え」と正気の口から間抜けな声が出た。先生はなにを言っているのだろうか。

「高見澤君、あなたには今からしばらく、弟さんになってもらいます」

「はあ……」

自信たっぷりの笑顔で竹谷先生は続けた。

「このパイプ椅子には高見澤君、あなたが座っています」

無論、パイプ椅子の上にはだれも座っていない。正気には、先生のやろうとしていることが段々と摑めてきた。

「もちろん、仮定するって意味でね。あなたは弟さんになりきって、高見澤正気に対しての恨み、もしくはどうして恨むのかの理由を話してもらいます」

これが竹谷先生の得意の戦法の一つなのだろう。こんな独創的なカウンセリングを行うなどとは正気は思っていなかった。

「弟さんになりきるのよ。ちょっとでも思い当たる恨みがあれば、それを言い掛かりにするくらいの気持ちでどんどん恨みつらみを吐いていって」

「……わかりました」

答えてみたものの、正気は考え込んでしまった。悪の源であるはずの修作になりきって、兄である自分を批判するのだ。本当に言い掛かりに近いことしか思い浮かばない。

「兄は身長が百八十センチくらいあります。でも僕は百七十センチしかありません。スポーツニュースなどで、ナントカ兄弟の弟が勝ったり優勝したりと報じられると、『普通は弟の方が子宮の弛み具合の関係で体がデカくなるから、勝って当然だな』と、兄は身長の低い僕に対して嫌味を言ってきます」

少し、自分の身長が修作より高いことへの自慢が入ってしまった気がする。それでも竹谷先生は修作の順調な滑り出しに感心しているようだった。それだけ早く、修作になりきれたということか。

「僕は顔のニキビを治したくて、毎朝念入りに洗顔をします。そして洗顔をしていると必ず、兄が邪魔そうに洗面所にやって来て、無表情に歯ブラシを手にとってまたリビングに戻ります。顔なんか洗ってないで歯を磨け、というような無言の軽蔑心を放ってくるのです」

また、修作が歯磨きもしない不潔男だということへの批判をしてしまった。まあいい。かまいやしない。

「僕が好んで聴いている音楽のことも、暗にバカにしてきます。僕の好きな歌手のことを、親と一緒にボロクソにけなしたりしてきます。なにを好もうが自由なのに、兄は洋楽、声にパワーのあるアーティストしか許さない、みたいな通ぶった素振りを見せます。本当にムカつきます」

お、段々と修作っぽい思考パターンになってきたぞ、と正気は実感した。正気はパイプ椅子の上に、強大な自分の像を思い描いた。

「兄は昔、空手の道場に通ってました。それ以来、週に何回かは家の中でシャドウイングをやっています。それをしている最中の兄と時々目が合うんですが、その目にはいつも僕への脅しが込められているように感じます。おまえなんか簡単に殺せるんだからな、と。僕にはその行為が幼稚に思えてなりません。そんな野蛮な行為でしか、兄弟間での力の差を見せつけることができないのでしょう」

役にはまってきた。修作の思考を真似してみるのは意外と楽しい。自分ではまったく考えつかないようなことも、修作の頭からは自動的に溢れてくるのだ。これほど幼い思考パターンを持っている人はごく稀だろう。

「僕が机の中、部屋中をあさったくらいでいつも兄は細かく詮索して、僕に対して『おまえがやったんだろう』というようなことを暗にほのめかしてきます。机の中をあさるくらい、どこの家庭でも行われているんだからいいじゃないですか。まったく、兄は被害妄想が激しいんですよ」

「中学受験でたまたま有名大学の附属校に入ったからって、兄はいい気になってます。大学のブランドを盾にして僕のことを見下してきます。勉強もしないくせに。ああいうのがいるから、日本の学力は低下しているって言われるんですよ」

「僕の家にはスーパーで買い物をするときに使ったりする、家族兼用のがま口財布があります。定期的に僕はその中からお金を拝借するんですが、兄は目ざとくそれを発見し、母に一々チクります。もう高二なんですよ？　いい加減、嫌がらせをするのに親の力に頼るな、って思いますよ。ネチネチした性格の兄が、本当に憎いです」

「休みの日などに僕が遅く起きると、兄は大抵、めぼしい朝食のおかずをほとんど平らげてしまっています。牛乳も残っていません。それはどうしても、僕の身長の伸びを止める行為にしか思えません。いや、きっとそうです。あのクソ兄貴のせいで僕の身長は低いままなんです」

「僕がパソコンゲームをしていると、そのことを兄が母に喋ります。するとしばらくパソコン使用禁止令を母に言い渡されてしまいます。人の楽しみを取り上げるために、兄は毎回、母に報告するのです」

「僕らが幼稚園児だった頃から、兄は貪欲でした。大人が兄弟二人に渡したプレゼントなども、なんだかんだと兄は僕を言いくるめて、最終的に自分一人のものにしていました」

「小学校低学年の頃まで兄は虚弱体質だったんですが、そのことで同級生にいじめられていたらしいんです。その反動でか、兄はよく、家の中で僕に暴力を振るってきました。僕が少しでも兄の気に入らないことをすると、兄は蹴ったり叩いたりしてきました。やり返そうにも、小学生の頃の三歳違いでは圧倒的な体格差があったので、僕は反撃する前にいつも泣き崩れていました」

「僕が中学一年生になって兄弟間での体格差が縮まると、兄は空手を習い始めました。その空手技を受けたことはまだないんですが、兄は無言で威圧してきます。なんでそこまでして僕を押さえつけようとするのか、理解できません」

「いつだったかは覚えていないんですが、これも小学生の頃でした。僕が一人で……」

修作は兄への恨みを話し続けた。一つの恨みのエピソードが、また別のエピソードを掘り出してくる。兄への恨みは、冷戦状態が始まってからのものから、まだ兄弟の仲が良かった頃のものまで遡っていった。

窓越しに、また一つの教室の明かりが消えた。随分と話していたらしい。正気は時間の経過を早いと思った。

あらかた正気が話し終えたと判断したらしく、竹谷先生は冷蔵庫に入っていた缶コーヒーを勧めてきた。それを正気が一口飲んでから、先生は口を開いた。

「どう、弟さんになってみた感想は」

「……初めのうちは考えながらだったんですけど、途中からは波に乗った感じがして、苦もなく口から恨みの言葉が出てきました」

事実、正気は少なからず興奮していた。〝自分〟への恨み言がこんなにも出てくるとは思っていなかった。それを先生は察したようだった。

「驚いたでしょう、自分への恨みをこんなに思いつくなんて」

正気は頷いた。

「今、高見澤君は弟さんになりきって、二十分くらいかな、兄に対する恨み、憎しみを語ってくれたわね。私は初めに、言い掛かりでもなんでもいいから言って、って指示したわよね。だから高見澤君が弟さんになりきって言ってくれたことの半分以上は、普段の高見澤君からしてみればとんでもない意見で、それを実際に弟さんに言われたら、あなたは怒るでしょう」

「はい」

「でも、今言ってくれたことの数割、一割でもいいわ、その恨み言は、弟さんの方が正論だったりしない？」

竹谷先生に指摘されて正気は一瞬、否定したくなった。だがそうしなかった。図星のような気がしたからだ。

「はい、一割……いや、数割の弟の恨み言は正論だと思えます」

竹谷先生は微笑してお茶をすすった。先生のさっきの一言によって、正気の頭の中は新たな考えに支配されようとしていた。

「高見澤君自身でも思い当たる、弟さんの恨みを買った行動というのは、二つに分けられると思うの」

「二つに分けられる……」

「兄弟間の冷戦が始まってからのことと、まだ二人とも仲が良かった頃のこと、に。どう、分けられる？」

「分けられます」

「じゃあまず訊くわ。弟さんと冷戦状態になりだしたのはいつ？」

「彼が中学校に入学してしばらくしてからです。彼は僕が通っている学校より偏差値の低いところへ入ったんで、そのことで時折、両親に馬鹿にされていました。それに対して嫉妬したらしく、はっきりと、ある日を境にして冷戦状態に突入しました」

竹谷先生は、意外、という顔をした。

「はっきりと、ある日を境に？」

「ええ」正気は去年に思いを馳せた。

「僕が学校から帰ってきて着替えているときに、弟も帰ってきたんです。そのときです、異変が起こったのは。でもそのときは、変な違和感を感じただけでした。それから自分の部屋に入ったときに、ようやくなにが変だったのかに気付きました」

竹谷先生が息を呑む。

「一メートルも離れていないところで二人とも着替えていたのに、お互いに一言も口をきいていなかったんです。その日は、まあそんなこともあるか程度にしか思いませんでした。しかしその翌日も、翌々日も、着替えるときどころか二人だけでいるときも会話はありませんでした。今でも思い出せますが、あのときの弟からは、敵対心がはっきりと感じられました」

正気はコーヒーを一口すすってから言った。

「あれから一年と数ヶ月の間、僕たち兄弟は月に数えるほどしか会話をしません。相手の悪口を言うときも、父や母を経由して、つまり間接的にしか言っていません。二人でいるときには、僕はいたたまれずにテレビをつけてしまいます。音がないと、無言での敵意のぶつかり合いが起こるからです。この黙り合いというのが、兄弟仲を加速度的に悪くしたと断言できます」

先生は目尻をもみながら頷いた。

「高見澤君、あなたにはさっき、弟さんになりきってもらって、兄に対する恨みを言ってもらったでしょ。そしてその中に、兄としての立場から考えても正論だといえるものが数割あると。さらにそれが、冷戦以前と以後に分けられるとも」

「はい」

「弟さんからの高見澤君への恨み、それの大半は、冷戦以後に発生したものだと思うの。これは仕方ないと思うわ。だって、冷戦中なんだもの。相手を傷つけてナンボだものね」

相手を傷つけてナンボ。意外な言葉だった。

「まだ兄弟仲が良かった頃、つまり高見澤君が幼稚園児や小学生だった頃のことを思い出してみて。あなたたち二人は仲が良かった。一緒に遊んだりもしたんでしょうね。でもさっき弟さんが言ってくれたように、高見澤君もときには弟さんに対して暴力を振るったり、ものを掠《かす》め取ったりしたでしょう。それでもなんだかんだいって、兄弟の仲が壊れることはなかった」

はい、と正気は掠れた声で呟いた。

「おそらく弟さんの中には、その恨みのエピソードが、無意識のうちに刻み込まれていったのね。でも別にこれは珍しいことでもなく、兄弟姉妹ならだれでも経験することよ」

「じゃあ、そこまではなにかおかしなことがあったわけではないんですね」

「そう判断してもいいと思うわ。よほど、兄としての権力や体力を使って弟さんを屈服させていない限り」

正気は安心した。お互いの恨みは小さい頃の経験、トラウマ的なものからきているのではないかと思案したりもしていたからだ。

「弟さんがレベルの低い学校に入ったことを、あなたの御両親が時折馬鹿にしてるって話。第三者の介入による兄弟ゲンカ。これが引き金だったと思うの。高見澤君はなにもしていなくても、御両親が勝手に弟さんの学校を馬鹿にする。御両親も軽い気持ちで言ってたんでしょうけど、それが強いストレスとなって、高見澤君、あなたを標的とした恨みへと発展したんだと思うわ。そしてその過程で、幼い頃に刻まれたあなたへの恨みが次々と開花していった、というように私は考えるわ」

「そうかもしれないですね」

素っ気ない言葉とは裏腹に、正気は大きく心を揺さぶられていた。第三者の介入。これがいけなかったのか。

これで納得できた。正気は修作との仲の悪さに、自然の摂理、サイクルを超えたなにかの悪要因があると日頃から思っていた。それは自然の生態系を乱す、〝人間〟に近いものだった。〝人間〟は両親だったのか。

やっとわかった。修作も、両親に馬鹿にされてさぞかしストレスを感じていたことだろう。いくら学校で勉強を頑張っても、土俵が違うからと正気の相手にすらされないのだ。

「どう、弟さんの立場になって自分を見つめ直してみた感想は」竹谷先生は立ち上がって伸びをしながら笑顔で言った。正気も幾分か頬を弛《ゆる》めながら答えた。

「今現在、僕が弟に対して行っている仕返し……あるいは嫌がらせに、かなり大人気ない部分があったと思いました。それに、幼い頃に僕が行った、弟への一方的な暴力等は、すっかり忘れていました。そのことが弟の中に積もり積もっていただなんて思ってもいなかったので、根本的な原因をやっと見つけられたような気がします」

「それは本心？」

「はい」正気は間を置かずに返事をした。

「弟が机をあさることくらい、大目に見てやろうと思えてきました。彼の精神が幼いことについても、それはそれで個性として認めてやれそうです」

正気は本心からそう思っていた。今までの暗雲のかかった兄弟仲はなんだったのだろう。

「もっと前から先生にお会いしていれば良かったです」

竹谷先生は笑った。ＣＤラジカセからは相変わらず民族音楽が流れてくる。

「別に私じゃなくても良かったんだと思うわ。第三者として話を聞いてくれる人がいれば、それで良かったと思うの。その点から言うと、御両親は客観視ができないでしょうね。高見澤君、あなたはその悩みをずっと前から一人で抱え込んだりなんかしないで、だれかに話すべきだったのよ。これを機に、悩み事ができたら他の人に聞いてもらう習慣をつけてね」

言われた正気は身の回りにそのように客観視ができる人がいるかどうか考えてみた。

「話を聞いてくれそうな人……そんなにいませんね。でもやっぱり、話を聞いてくれるだけじゃ駄目だと思います。先生みたいに、憎む相手になりきれ、なんてアドバイスはだれもしないと思いますし」

「お世辞は要らないわよ」竹谷先生は立ち上がって肩を揉み解《ほぐ》していた。そろそろお開きだ。

「家に帰って弟と接しても、穏やかな気持ちでいられそうです。先生、ありがとうございました」

深々と頭を下げて礼を言い、正気はヒーリングルームを退出した。

帰りの電車に揺られながら、正気は今までの自分の行動を反省していた。たった一人の弟なのだ。その弟のイタズラくらい許してあげないでどうする。それに幼い頃、自分は弟に対して好き勝手な振る舞いをしていたのだ。そのツケがまわってきても文句は言えまい。

ウオノメのようにずっと正気の心に根付いていた、ただ一点の悩みは、綺麗に剝がれ落ちたようだった。

自転車を車庫に入れる。正気は時計を見た。七時五分。もう帰っているはずの母は残業らしい。車もなければ家の灯りもなかった。

修作の自転車もない。彼は部活だろう。正気は少し残念に思った。

生まれ変わった自分の心で、早く修作と接してみたい。

正気は家に入り洗濯物を取り入れ、手を洗ってから米を研ぎ、炊飯器のスイッチを入れた。そうしてからようやくリビングの電気をつけた。

思いひらめき、正気は二階の自分の部屋に駆け込んだ。カバンを置くのもそこそこに、正気は本棚の一つを凝視した。最後に自分が触ったときを思い出し、照合してみる。

だれかにあさられていた。修作がやったのだろう。けれどももうそんなことは気にしない。それに、見間違いの可能性だってあるのだ。掃除機をかけるときに母が触れた可能性だってある。そう簡単に修作があさったと決めつけるのは可哀想だ。

正気は机の支え、サイドラックの下を覗き込む姿勢をとった。ビニールシールが剝がれていれば、だれかに開けられたことになる。

ビニールシールは破られていた。

これも修作の仕業《しわざ》と考えて良い。正気はしばらくなにも考えないでじっとしていた。それでも心の中に修作への憎しみが湧いてこなかったので、正気はようやく安心した。

自分は、もう修作を憎み続けることはないだろう。

机の中をあさられたことを知っても、自分は修作に対する憎しみを抱かないようになったのだ。もう平気だ。やっと昔の、仲が良かった頃の兄弟に戻れる。

いや、すぐには戻れはしまい。自分が修作のことを許しても、修作は当分、自分のことを憎み続けることだろう。正気にはその覚悟ができていた。

長い時間がかかるかもしれない。兄弟仲を悪くしていった分以上の時間が、修復には必要なのかもしれない。

だがあのときは、お互いが憎み合っていたのだ。正気は、自分が修作を憎まずに受け入れることで、意外と早く兄弟仲は回復するのでは、とも考えた。

成長した自分に満足しつつ、正気は一階の和室で学生服を脱ぎ始めた。

それにしても竹谷先生のカウンセリングは偉大な効果を上げたものだ。今度から悩み事が発生したら、あの先生になんでももちかけよう、と正気は思った。

車庫のシャッターが開く電子音が鳴った。

防犯のために、シャッターと門の間にマグネットセンサーが取り付けられている。シャッターが開けられるとマグネットセンサーが働き、玄関で電子音の音楽が流れるという仕組みだ。

修作が帰ってきた。今、自転車をしまっているところだろう。やがて玄関のドアが開き、修作が入ってくるのが音でわかった。リビングに入ってくる。

修作はソファにカバンを置くなり弁当箱を台所に置きに行った。そしてすぐに戻ってきて、リビングで制服を脱ぎ始めた。正気と一メートルほど離れて向かい合っている状態だった。

正気は、ここからだ、と思った。修作を前にして、穏やかでいられるか。敵意を発さずに過ごせるか。

修作は黙々と着替えている。

鼻息を鳴らすのも弱みになると思っているのか、修作が懸命にそれを我慢しているのがわかる。

正気は制服をハンガーに掛け、服を着た。修作は脱いだYシャツを持って洗濯機に放り込みに行った。

そのとき、ドアを閉める激しい音がリビングに響き渡った。

正気の顔は一瞬、ひきつった。

だがすぐに心を落ち着かせた。大丈夫。威嚇のために修作がドアを強く閉めたらしいが、向こうはまだ変わっていないのだ、仕方がない。自分が修作に対して親愛の情のこもった態度で接すれば、彼も変わってくれるはずだ。兄として、先に憎しみを捨て去るべきなのだ。それは国際情勢が緊迫した二国間でどちらが先に武器を捨てるかという問題とよく似ている。

もうなにも争いは起こらない。平和な兄弟仲でやっていける。正気は心に念じた。

正気が安心しかけたときだった。

また、ドアが勢い良く閉められた。修作の手によって。

その攻撃的な音が合図だった。

正気は胸の内側で、針のように鋭く、冷たいものを感じた。

まだだ、まだ平気だ。

正気はソファに座り、まだ読んでいなかった朝刊を手に取った。するとその横を修作が通り過ぎた。一瞬力強く修作は床を蹴りつけ、何事もなかったかのように和室で服を探し始めた。

冷たいものはやがて心臓に穴を開けた。

正気は慌ててその穴を塞ごうと、新聞の一面の見出しに集中しようとした。だがもう遅かった。

冷たい流動体は、心臓に開いた穴からじわじわと周りを浸食してゆく。正気には、その流動体が黒色をしていることがすぐにわかった。流動体、という表現も間違っている。もっとサラサラとしていて、澄んでいる。黒の原色であって、尚且つ澄んでいる。そしてそれは、凍えるほどに冷たい。

黒冷水《こくれいすい》。

正気は苦しみながらもそんな言葉を思い浮かべる。

胸が割れる。そんな気がした。

赤くて熱をもった血と内臓が、黒冷水の絶望的な冷たさによって急激に冷やされる。黒冷水に浸された内臓は、今にもガラスのように割れてしまいそうだ。

今まで新鮮な血液を送り続けてきた心臓のポンプからは、代わりに黒冷水が送り出されている。圧倒的な勢いで黒冷水は全身に広がってゆく。

体の背面が特に冷たい。背面が丸ごと黒冷水の結晶と化したかのようだ。腰から頭の頂点に至るまで、氷のような硬い冷たさが満ちている。

呼吸が荒くなる。

心臓には穴が開き、ポンプが黒冷水を全身に、勢い良く流し続ける。足のつま先に届くか届かないかのところまで黒冷水は浸食した。その細い流れはやがて太くなり、下半身全体までをも満たした。

赤い血液は微々たるほどにしか流れていない。

着替え終わった修作は和室から出てきて、台所へ向かった。カップラーメンでも食べる気だろう。

正気の呼吸は不安定なりにも落ち着きつつある。そして、確信した。

もう無理だ。

竹谷先生のカウンセリングは、たった数時間ほどの効果しかなかった。

正気の体の中には修作への憎しみ、嫌悪、軽蔑、憤怒の念だけが、冷たく満ち溢れている。

修作への温かい感情が芽生えていただけに、その冷たさは際立っていた。

奴を半殺しにしてやりたい。

いつものようにその空想が膨らんだ。熱湯を頭から修作に浴びせ、悶えているところをヤカンで殴りつける。包丁の柄《え》の部分で五指をすべて潰してやり、強引に瞼を開かせ、塩素系洗剤をぶっかけて目玉を蒸発させる。髪の毛を摑んで、点火したガスコンロに何度も何度も顔面を打ちつけてやる。そして家の外のごみ置き場に蹴り倒して放置する。

正気は自分の空想にうろたえながらも、溢れ出てくる修作への嫌悪を止めることができない。カップラーメンを作るために修作はタイマーを探し、それを正気のすぐ近くに見つけた。修作が正気に接近した。修作の接近により、正気の体の中で黒冷水が一瞬で反応した。さらに冷たさを増し、正気の胸に鋭い痛みを与えた。正気はその場にはいられなくなり、逃げるように階段を上った。そして思った。

修作を潰すしかない。

そうしないと、この圧倒的な黒さと冷たさを抱いた黒冷水を、体の外に追いやることはできないだろう。黒冷水の源である修作さえ潰してしまえば、すべての問題が解決する。

徹底的に、だ。徹底的に修作を潰す。

正気は胸の辺りで、心臓が一瞬だけ熱を帯びた気がした。

兄のオーディオラックには錠前が取り付けられていた。修作は目を凝らした。

オーディオラック、といっても木の板でできた三段本棚を横に倒しただけである。この本棚は、縦に置いて単行本を並べられていたかと思えば、様々なボックスを詰められたりもする。横に置けば雑誌が中に並べられたりする。つい二ヶ月ほど前に兄がMDラジカセを買ったため、最近はオーディオラックとしての役割を果たしていた。

そのオーディオラックに、錠前がついている。中央のスペースだけはなにもついておらず、ギターのスコアや音楽関係の本、CDなどが陳列されている。左右のスペースに蝶番《ちょうつがい》と、蓋となる板が取り付けられ、それが南京錠でロックされている。左右で南京錠の種類は違っており、兄の警戒心の強さが窺われた。そういえば数日間、ノコギリの音がうるさく鳴っていた、と修作は思い出した。あれはこの蓋板を切り出す音だったのか。騒音で気分を悪くした上に、あされないスペースまで作られてしまったとは。修作は急激に不機嫌になった。

兄がわざわざオーディオラックを改造した理由はなんだ。当然、隠したいものがあるからだ。部屋中の隠したいものが、この左右の蓋板の奥に秘められているに違いない。つまり、この錠を開けなければ、修作のあさりの楽しみは取り上げられてしまうことになる。

しかし、だ。これさえ開錠できれば、楽してあさりができるということだ。部屋中を慎重にあさらなくても、兄が隠したいものオンリーを手に取ることができるのだ。場合によっては、今まで発見したことのないお宝も発掘できるかもしれない。なんとしてでも開けるしかない。

まだ午後二時だ。今日修作の学校は入試説明会を行うため、生徒は午前中だけで下校だった。一方の兄は朝、母に「部活に行ってくる」などと言っていた。修作にとっては嬉しいことに、ここ最近、兄は部活に精を出してくれている。兄が帰ってくるまで、最低四時間はまだ残っている。

修作はオーディオラックを観察することにした。どこかに設計ミスはないか。あればそこから開けることができるかもしれない。

兄が切って作った蓋板には、茶色いニスが塗られている。蓋とオーディオラック本体に隙間がないかチェックする。右側の蓋の一ヶ所に、二ミリメートルほどの幅の隙間が数センチ、横に広がっていた。修作は自分の部屋からペンライトを持ち出して照らしてみたが、さすがになにも見えなかった。

落胆した修作は次の瞬間、大発見をした。

蝶番だ。

蝶番を固定しているネジさえ本体から外してしまえば、南京錠なんて無力になる。蝶番が付けられている反対側から蓋を開けることができるのだ。修作はドライバーセットを持ってきて、蝶番を固定しているネジの頭を見た。小型のマイナスだ。セットの中からそれに見合うドライバーを取り出すと、ドライバーをネジに近付けた。いよいよだ。

だがまたもや修作の思惑は阻まれた。

よく見てみると、蝶番の上には茶色のニスの固まった層が、分厚くこびりついている。それは滑らかな光沢を放っており、尚且つニス自体の硬さを物語っていた。ドライバーでネジを回そうとすれば、ニスのコーティングに傷がつく。そうしたら、兄に蝶番を外そうとしたことがバレてしまう。仮にそんなことを無視してドライバーをネジに突き立てようとしても、ニス層の硬さで物理的に不可能だと思われる。

修作は歯軋りした。

兄のことだから、ニスの硬さも計算して塗ったのだろう。ノコギリの音がした日、シンナー臭くもあったが、こんなコーティングまで施していたのか。

兄がほくそ笑んでニスを塗りたくっている姿が脳裏に浮かぶ。

修作は怒りを覚え、壁を強く蹴った。部屋が僅かに振動した。

落ち着け、まだ蓋を開ける方法はあるはずだ。修作は自分にそう言い聞かせる。時間はまだあるのだ。

修作は次に南京錠に目をつけた。左右で錠の形が違う。まずは左側の南京錠を見る。

金色のオーソドックスな南京錠が、蓋から突き出ているU型金具にかけられている。南京錠と蓋の間には、オーディオラック本体に取り付けられた金具が挟まれており、当然開けることはできない。

南京錠本体に目をやった。中央に「ＬＯＣＫ」と彫られている。

これはどこで買ったものだろう。修作は考えを巡らせた。買った店が特定できれば、そこの店で同じ南京錠を買い占め、場合によってはこの南京錠の鍵と同じものを手に入れることができるかもしれない。だが修作はすぐにそれを諦めた。南京錠といっても、一個数百円するのだ。それを買い占めるなんて金がかかり過ぎる。それに、それで開かなかったら大きな損失だ。

金がかかる。修作は気が付いた。兄はこのロックシステムを作るのにどれほどの金を使ったのだろうか。南京錠二種類、蝶番六個、南京錠を取り付けるための金具二種類、シンナー系のニス。まともにホームセンターで仕入れたら二千円は下らないだろう。兄はこの前もギターの教本を買っていた。月の小遣いが二千円の兄に、ロックシステムを構築する金銭的余裕などあったのだろうか。

修作は笑みを浮かべてしまった。

百円ショップ。兄はそこで部品一式をそろえたに違いない。一年ほど前に、近所の広大な敷地に大型ショッピングセンターがオープンした。そこにはスーパー、洋服屋、ハンバーガーショップ、薬局、そして百円ショップが集まっている。郊外の土地だから実現できたショッピングセンターと言ってもいい。とにかく広い。当然百円ショップも都会の店と比べると数倍も広く、品数も多い。石鹼、ノートなどの日用品から百円文庫、百円CD、そして百円大工道具まで置いてある。

兄はそこで買ったはずだ。各部品をよく見ると、所々、造りが雑だったりする。百円ショップの商品特有の造りの甘さだ。

百円ショップの南京錠なら、買い占めても大丈夫だ。百円ショップでは南京錠の型番などせいぜい十数種類しかないだろうから、買い占めてしまえば、かなりの確率でこの南京錠と一致する鍵が見つかるはずだ。修作は定規で南京錠の大きさを測り、メモに記しておいた。

右側の蓋をロックしている南京錠を見る。こちらは黒い色をしていて、いくらか頑丈そうな造りだ。これだけは百円ショップの臭いがしない。

頑丈な南京錠でロックしている。それだけ、左側のスペースのものよりも大事に隠したいものが、この右側には入っているということだ。

なんとかできないだろうか。この南京錠を開けるための鍵が、この部屋にしまわれていたりしないか。修作は探そうとしたが、すぐに諦めた。兄がその辺に鍵を置いておくはずがない。おそらく兄の財布、ズボンのポケット等に、肌身離さず身につけているに違いない。

南京錠に欠陥がないかどうか、修作はそれに触れてみた。すると南京錠の裏側を触っている人差し指と中指に、ゴリゴリとした感触が伝わった。なんだ、と思い、南京錠をひっくり返してみる。

修作は目を瞠《みは》った。南京錠の裏に浮かび出ている三桁の数字。

ダイヤル錠だ。南京錠だと思っていたものは、実はダイヤル開閉式の錠だった。

「よっしゃあ！」修作は思わず叫んでしまった。それくらいに気分が浮き立った。

ダイヤル式の錠前なら、時間さえかければ必ず開錠させることができる。三桁だから九百九十九……いや違う、000も含まれるから、千通りの数字の組み合わせがある。丁寧に0から順にダイヤルを回してゆけば、一分間に十五通り、一時間で……九百通りだ。最長でも一時間半あれば、このダイヤル錠を開錠させることはできるということだ。

それにしても兄はバカだ。修作は冷笑する。種類の違う錠を取り付けるという考えは良いが、よりによってそのうちの一つをダイヤル式のものにしてしまうとは。三桁もあれば敵も開錠するのを諦めるだろうとでも思ったのだろうか。「甘ちゃんだよ、キミィ」と修作は声に出してみる。単純計算すれば、数時間で開けられてしまうなんてわかりきったことではないか。そうでなくても兄が風呂に入っている間などに、毎日三十通りずつ試していけば、約一ヶ月で開錠なんて可能だ。なにを血迷ってダイヤル錠などを取り付けたのだろう。兄の粘着性の警戒心も衰えたものだな、と修作は笑いながら、ダイヤル錠に手をかけた。

636までダイヤルを回したときに、重大なミスに気が付いた。ダイヤル錠を開けるには、ダイヤルを開錠番号に合わせるだけでは不充分だ。番号が合っていたとしても、錠自体のU型金具は飛び出たりしない。番号が合ったなら、そこでU型金具を引っ張らなければならないのだ。その引っ張る作業を行うのを、修作はすっかり忘れていた。

クソッタレが。

今までの数十分はなんだったのかと修作は腹が立った。兄の机に唾を吐いてやったが、それでも怒りは治まらない。

仕方ない。また0からやり直しだ。

修作はダイヤルを００に戻し、一通り一通り、丁寧にダイヤルを回していった。ダイヤルを回してはU型金具を引っ張り、またダイヤルを回す。さすがに二回目ともなると、嫌気がさしてくる。

仕方ないではないか、落ち着け。時間はまだある。雑に作業を行えば二度手間、三度手間になってしまう。カッカせずにやれ、と修作は自分に言い聞かせた。それから淡々と作業を続けていった。

午後三時半。昼食のカップラーメンを食べ過ぎたこともあり、修作は単純作業に眠気がさしていた。だがウトウトしているうちに、手先に奇妙な感覚を得た。

U型金具がJ型になっている。ダイヤル錠が開いたのだ。

修作の眠気は一気に吹き飛んだ。どうしよう、どうしよう。修作は喜びながら考える。この蓋板をすぐに開けてしまうのはもったいない。修作はとりあえずトイレに行き用を足した。浮き足立って軽くモノを振ってしまったため、小便の水滴が少し、ズボンに染み込んでしまった。でも気にしない。台所に下りていって冷蔵庫に入っていたオレンジジュースをラッパ飲みしてから、再び修作は兄の部屋に向かった。

ついに開錠した、オーディオラックの右スペース。修作はその前であぐらをかいた。ダイヤル錠を取り外す。洒落た造りの金色の取っ手に手を掛け、目をつぶりながら修作はゆっくりと蓋板を開けた。

好奇心に包まれながら修作は目を開けた。

立方体の小さいボックス群が下半分に積まれていて、その上には雑誌の束や袋が積まれてある。

修作はまず数冊の雑誌全部を取り出し、床に並べた。予想通りのエロ本数冊と、初めて見る何冊かの写真集があった。二人のグラビアアイドルの写真集で、各二冊ずつだ。兄はこの二人のアイドルが好みなのか。修作はまた一つ、兄の恥ずかしい秘密を知って喜んだ。二人のうちの片方のアイドルは修作の許容範囲に入っている。よし、あとで使ってやろう。

次に修作はスーパーの袋を取り出した。袋は二つある。一つ目の袋は、袋自体が直方体の形になってしまっていることから、アダルトビデオの詰め合わせだろうと察しがついた。袋の中を見てみると案の定、黒の裸のビデオテープが何本も積まれていた。友達にダビングでもしてもらったのだろう。ざっと五本はある。これらを少しずつ、兄のいない間に見てしまおう、と修作は胸を膨らませた。

もう一つの袋の中には紙切れがいっぱいに詰まっていた。なんだと思ってよく見ると、それは全部、レシート類だった。修作はガッカリしたが、すぐに思いなおした。レシートを見れば、兄がなにを買ってきたのか、すべて把握できるということだ。その中に好みのものを見つければ、それを発見するために努力をすれば良い。とりあえずそのレシート袋も床に置き、修作は露わになったボックス群に目をやった。

立方体だと思っていたボックスは斜め上から見ると直方体で、奥にある二つが立方体だった。計四個のボックス。茶色い硬い紙でできている、おそらく百円ショップで買ったであろう品。

前列二つの直方体を床の上に引きずり出した。右のボックスはやけに重い。気になったので修作はそっちの蓋を取った。

文庫本が敷き詰められている。修作は悪態をつきながらも順に一冊ずつ、文庫本を手にとっていった。ひょっとしたら表紙だけが普通のもので、中身は官能小説にすりかえられているのかもしれない。修作は数十冊そうやって調べていったが、予想は裏切られた。全部、普通の文庫本だった。こんなものを錠付きオーディオラックに隠すんじゃゃねえよ、と不満に思いながら、修作はもう一つの直方体ボックスに手をかけた。蓋を外す。中に入っていたのは数本の錆びついたスチール弦とハーモニカ、他にも楽器関係の小物が幾つも入っていた。

このスペースにはまだそんなに隠すものがないんじゃないか、と修作は思い始めた。隠したいものは順に、左のスペースに収納してゆき、余った隠したいものを右のスペースに収納しただけなのではないか。こんな楽器の小物など隠す必要はないし、文庫本などは普通に本棚にでも並べておけば良いではないか。まだ「空き金庫あります」状態だから、無理矢理に適当なものを詰め込んでおいたのだろう。防犯オーディオラックを作って、兄はそんなに嬉しかったのだろうか。嬉しさのあまり、どうでも良いものを詰め込みやがった。

修作は軽く失望しながら直方体を脇にどけた。その奥の右側にある立方体ボックスを引き寄せた。奥に置いたということは、直方体ボックスよりは重要なものなのだろうと修作は見当をつけた。立方体を振ってみる。紙切れが入っているような手応えしかない。空っぽといっても良い。修作は失望した。空っぽか。ついにネタ切れか。それでも念のため、蓋を開けた。

紙切れだと思っていたものは茶封筒だった。表に「軟式テニス部　部費余り返金」とシールが貼られている。部費の余りの幾らかの金を、兄は親に渡さずに着服したに違いない。なんて意地汚い奴だ。そう思いながら修作は封筒の口を下に向けた。

硬質の紙が床に落ちた。「Ｋｏｄａｋ」と薄い文字が幾つも印刷されている。写真か、と思い修作は手に取り、裏返した。

修作は目を剝いた。

写真の中の裸の男と女。ホテルらしき部屋のベッドに二人で座りこんで、笑顔でこちらを向いている。

バスローブで胸まで隠している、スレンダーな体つきの女。歳は十代後半から二十代前半。
そして。
下半身だけ隠して勝ち誇った笑みを浮かべている兄、正気。
修作はわけがわからなくなった。なんで兄がこんな写真を持っているのだ？　そして
この裸の女は……。
悔しくも修作は認めるしかなかった。
兄に女がいただなんて。
あんな冴えない鈍感男になぜ？
修作は写真の中の兄を凝視する。
六つに割れている腹筋。そして、女が寄り添っているのにも拘わらず、さして動揺は
していないような、余裕のある表情。その目は、写真を見ている修作を嘲笑《あざわら》うかのよう
だ。
修作は呻《うめ》いた。
体中が悔しさと怒りで満ち溢れている。
次の瞬間、修作は写真の両端を両手でつまんでいた。こんなもの、破いて粉々にして
やる。
だが力の入りかけた両手から、慌てて修作は写真を放した。ストン、と写真は落下し
た。

危なかった、と修作は安心した。動悸が激しくなっている。写真を破ってしまえば、自分がオーディオラックをあさったことがバレてしまうところだった。だがそれよりも大きな問題が発生するところだった。

写真が破かれているということは当然、修作が写真を見たということを意味する。兄が、破かれた写真を見たらどう思うか。

オーディオラックをあさられたことに腹を立てつつも、修作に対して、勝者の笑みを浮かべるだろう。童貞の弟が悔しがっている姿を思い描き、兄は満足を得るはずだ。それだけは阻止したい。兄を喜ばせることだけはしたくない。これからは、兄が童貞でないことを知らないフリをしていかなければならない。修作は写真の表面をティッシュで拭き指紋を消してから、立方体の中に静かにしまった。

残る一つの立方体ボックスを手元に引き寄せようとした。だが動かない。

そのボックスはどうやら、両面テープかなにかでオーディオラックの板の内側に接着されているようだった。

なぜこんなことをするのだ?

修作は底がくっついたままの立方体ボックスを、僅かながらも揺らしてみた。

ジャリジャリという微かな金属音。

ひょっとしたら、と修作は期待した。だがそれはすぐに確信に変わった。

オーディオラック上にいつも置いてある貯金箱が、今日はない。

立方体の中は、間違いなく小銭だ。それも五百円玉オンリーの。投入口の狭い貯金箱とは違って、ボックスだから、中身を手で取るのは簡単だ。

悔しいことがあっても最後の最後には良いことがあるものだ。

修作は嬉々としてボックスの蓋を外して放り、右手をボックスの中に入れようとした。ゴムのような変な感触が伝わってきた。それに所々、粘着性がある。

なんだと思い、修作はオーディオラックの斜め上から立方体の中を睨んだ。暗くてよく見えない。だがやがてそれがなんであるかを、手の感触でつきとめた。

お菓子摑み取りボックスと同じだった。ガムテープを何重にも貼り重ねて作った丸い口に片手を入れ、中のお菓子を手一杯に摑んでボックスの外に出す。どれだけたくさん摑めるかが勝負。だが欲張り過ぎると、手がボックスの丸くて小さい口から抜けなくなってしまう。結果、摑んでいるお菓子を少量放してから手を引き抜くしかない。

なんのためにか知らないが、兄はそれと同じ細工を立方体ボックスに施していた。一人でお金摑み取りゲームでもやっているのだろうか。修作にはわからなかった。

あまり沢山取ってもバレてしまう。今日のところは一摑みにしておこう、と修作は決めた。

再び右手をボックスの上に差し出し、ガムテープの口の上に置く。ガムテープで形成された口を指でなぞる。ゲーム性が少しあるからか若干、修作は楽しくなってきた。

摑み過ぎないように、そう言い聞かせながら修作は右手を勢い良く立方体ボックスの中に突っ込んだ。

中のものを思いっきり、力強く摑んだ。

ジャリジャリと、金属が擦れ合う音がする。

小銭の音だ、と修作は満足した。

だが右手のありとあらゆるところに、線のような無数の冷たさを感じる。

次の瞬間、それらはすべて鋭い痛みに変化した。

修作は慌てて右手を引っこ抜いた。目の前に掲げてみる。

目に飛びこんできたのは、血で赤く染まっている自分の右手だった。

手のひら、指、手の甲、指の付け根、爪と指の間、あらゆるところに切り傷があり、出血していた。

小指と薬指の谷間に、なにかが刺さっていた。

今更になって痛みに気付いた修作は、慌ててそれを抜いた。抜いた傷跡から、鉄臭い血が流れ出す。右手は秒単位で赤さを増してゆく。

左手につまんだ金属片を見た。

鋭利な刃物。

カッターナイフの替え刃が一片一片に折られたものだった。

修作は混乱した。

どうして立方体の中に、大量の替え刃が入っているのだ？

もちろん、先の丸くなった替え刃でもごみ箱にそのまま捨てるのは危険だという配慮から、兄がボックスにまとめてから捨てようとしていたのかもしれない。

だが。

この替え刃の量の多さは説明がつかない。ざっと数百グラムはあるだろう。それに、痛みを感じさせずにスッと右手中の肉を切り裂いた、替え刃の鋭さ。決して、使用済みの刃ではないはずだ。

新品のカッターナイフの替え刃をすべて折ってしまうバカがどこにいるのだろう。兄はある目的のために、意図的にそれを行ったということだ。

するとこれは――。

罠。

そう考えるのが当然だ。兄は自分に対し、攻撃意志を抱いていた。

修作は愕然とした。

自分がこのボックスに手を突っ込むということを、既に兄に読まれていた。

血がフローリングの床に垂れた。

兄に対して怒りを覚える暇もなく、右手中の熱と痛みに修作は襲われた。興奮して麻痺していた痛みが、今更のように襲ってくる。

修作はオーディオラックの蓋も閉めずに、急いで兄の部屋を出た。左手で右手から流れる血を受けとめながら階段を駆け下りる。溢れ出た血が、階段に垂れて小さな血溜まりをつくる。

修作は泣きそうになりながら、赤く染まった右手をかばうようにして洗面所に急いだ。

「キーパーのところに強いシュートが来たんだよ。でもあのキーパーじゃ頼りなかったから、我慢できなくて俺がハンドしてブロックしちゃったんだよ。そしたらこのざまだよ」

右手全体に包帯が巻かれているのに驚いた母に対し、修作はそう説明していた。正気はいい気味だ、と思いながらダイニングテーブルについた。

「まったく、部活になんか行かなければ良かったよ。じゃなきゃこんな突き指なんかしなかったのに」

修作の話に関心を失った母は、アジのフライを皿の上に盛りつけた。正気は自分の茶碗にご飯を盛っていた。癪だったが、修作の分のご飯まで盛ってやった。そして無言で、茶碗を修作の前に置いた。

正気の目はそのとき、自然に修作の右手に吸い込まれた。

保健室の先生が巻いてくれたとは到底思えない、雑な包帯の巻き方。正気はキャンプで怪我をしたときのため、応急処置に関する知識はある程度もっていた。修作は右手を使えずに、不便そうにフォークでアジをつついている。

試合本番で相手のシュートを受けとめての突き指だったら理解できる。だが今日の試合はあくまでも練習であって、本番ではないはずだ。練習試合でハンドまでしてボールをブロックするとは、あまりにも不自然だ。

他にも正気は疑問に思う。修作の学校では今日、入試説明会が開かれていたはずだ。昨日、修作がそう言っていた。大体そういう日は、放課後の運動部の活動は禁止となる。説明会の最中に掛け声でうるさくされては困る、との理由でだ。正気の通っている学校はそうだし、他の進学校、大学附属校もそうだと聞いた覚えがある。

修作の学校だけが特別だとは考えられない。よって、今日の放課後に修作の学校で、全運動部の活動があったということ自体が怪しい。

食事中の右手を直視していると時折、修作は指が疼いているようなフリをする。下手な演技だ。

一瞬、正気は修作と目が合った。その目からは憎悪が読み取れたような気がした。だがそれも、確かめてみなければわからない。正気はテレビも見ずに箸を動かした。

数百個の鋭利な刃物に付着した、茶色い跡。鉄に付着した、別な鉄の匂い。血が変色したものだとはわかりきったことだ。刃を出してみるのにスピーカー用強力磁石を使う必要などなかったかもしれないと後悔しながら、ペンチを使って、正気は磁石の表面からおびただしい数の替え刃を剥がしていった。剥がした刃は立方体ボックスの中に入れた。

正気は喜びながらも呆れていた。

まさか、今日早速修作が罠にかかるとは。今日から数日間ずっと部活に参加すると、朝、正気は修作の耳に入るようにして母に言った。それを聞いた修作が兄の不在を喜んで部屋をあさり、改造されたオーディオラックの中を引っ掻き回し、罠にはまるというプラン。それが成功するのは数日後だと思っていたが、罠を仕掛けた次の日に獲物がかかるとは思っていなかった。修作の好奇心、あるいは憎しみは、それほど大きかったのだろうか。

それにしても、と正気は我ながら、自分の作った罠に酔いしれる。

オーディオラックの右側スペースにだけ、ダイヤル錠を付けておいた。

三桁のダイヤル。

これが二桁でも四桁、あるいは五桁以上のダイヤルでもまずかった。三桁のダイヤルであれば毎日十数分の時間を割いたとして、一週間もあれば開錠できる。二桁では安易過ぎて修作に罠だと気付かれる恐れもあったし、四、五桁では修作のダイヤル照合意欲を喪失させてしまうかもしれなかった。怪しまれずに、開錠意欲を湧かせるダイヤル錠。それで三桁のものに落ち着いた。

オーディオラックの右スペースにしまわなければならないものはまだなにもなかった。数日前に正気は友人二人に「なんでもいいから写真集を貸して」と頼み込み、計四冊の写真集を借りていた。それに自前のエロ本を何冊か挟んで、修作のあさり意欲を満たす餌とした。それでもスペースがかなり余っていたので、空のビデオテープを数本、文庫本、楽器の小道具等を詰め込んでおいた。

　そして、あの写真。

　替え刃の入った罠ボックスはオーディオラックの底板に接着されていたから、修作は先にあの写真を見たに違いない。

　女子大生と一緒にホテルのベッドに腰掛け、笑みを浮かべながらこちらに視線を向ける兄、の写真。

　愉快で仕方がない。正気は悔しがる修作の姿を想像した。兄が童貞ではないんだと衝撃を受け、さぞかし嫉妬しただろう。

　だが。

　正気は未だに童貞だ。男子校だから仕方ないよな、と正気は言い訳じみた考えをする。女の前では上がってしまう性格も、大学生になったら克服できるのかもしれない。

　正気は写真をボックスの中から取り出し、まじまじと見る。

　写真は、同じクラスの寺尾に作ってもらった合成写真だ。よく出来ている。正気は自宅でデジカメを使って撮影した何種類かの自分の裸体を、フロッピーディスクに入れて寺尾に渡し、事情を軽く説明して合成写真を作成してくれるように頼んだ。寺尾は別にオタク系の人間ではないのだが、機械、デジタル技術の才能には長《た》けている。ネット上に転がっている膨大な数のエロ画像から合成に適したものを寺尾は選び出し、正気の体と合成させた。ベースの写真はエロ画像の方で、それに正気の体を合成させていた。

正気は目を凝らす。腰に巻いたバスタオルの上は、正気自らの体だ。だがバスタオルの下、下半身は見覚えがない。自分の体のことは自分がよく知っているから、その下半身が別のだれかのものだというのはすぐにわかる。上半身は正気で、バスタオルから下はエロ画像に元々写っていた男の下半身。あとで寺尾に聞いた話だと、不自然にならないように、二つのパーツの肌の色を調整してから合わせたらしい。さらには二つのパーツの画素数も合わせ、パソコン上で拡大しても画素の違いが出ないようにした。最終チェックをしてから、寺尾は写真用光沢レーザープリンターで、その合成写真をプリントアウトした。光沢プリントで四ツ切判。どこからどう見ても、DPE店で現像してもらった写真だ。正気はこの写真を渡されたとき、本来の目的も忘れて寺尾の技術の高さに驚くばかりだった。依頼した本人でも合成だとはわからない出来映えだ。修作がこの写真を疑う余地などないはずだった。

メインの罠、「カッターナイフの替え刃摑み取りボックス」。これには色々と頭を使った。上から覗かれてしまえばなにが入っているかわかってしまうため、オーディオラックの奥の角にボックスを両面テープで接着させておいた。ガムテープを何枚も貼って丸口を作って、摑み取り形式にしたのにも理由があった。ゲーム性をもたせれば、単純な修作は勢い良く手を突っ込むだろうと正気は計算していた。その心理的作戦の効果があったかどうかは確かめようがないが、修作のことだ、まんまと引っかかったに違いない。

正気が一番凝ったのが、ボックス内の替え刃の殺傷力だった。数百グラムもの替え刃を買わなくてはならないのだ。当初は百円ショップでそれを仕入れようとしたが、刃の甘さが理由でその案は除外した。ホームセンターに足を運び、様々なメーカーの替え刃を物色した。オルファカッターの替え刃が値段的にも品質においても丁度良い気がしたのだが、その棚にあった中で一番高価な、ドイツ製の替え刃を買った。敵にダメージを与えることに関しては、平和ボケした日本のメーカーのものより、実戦経験豊富なドイツ製、という意識が漠然としてあった。大きな出費だったが正気はそれを買うのに金を惜しまなかった。少しでも多く深く修作の手を切り刻んでくれるのであれば、それはそれで正気にとっては嬉しい出費だった。

刃の配列にも苦労した。ボックスの底、側面すべてに、蓋板を作ったときに余ったウレタンニスを塗った。五重に塗って乾きかけたときに、厚く形成されたウレタンニスの層に一本一本、替え刃を満遍なく差し込んでいった。五面に及ぶ剣山が出来あがってから、正気は残りの刃をボックスの中央にまとめて入れた。そうして「カッターナイフの替え刃摑み取りボックス」は完成した。

どこかコミカルで地味な罠だったが、ボックスは確実な殺傷能力を秘めていた。ボックス内に染み込んだ血、替え刃にこびりついた血の量を見ても、ボックスの凶暴性は正気の予想以上だった。あそこまで修作の右手を切り刻むとは思っていなかった。

正気は包帯の中の修作の手を想像してみる。血と汗で、不潔にふやけてしまっているはずだ。おそらく、異臭も酷いものだろう。

数日間の修作の右手の自由を奪ったことに対して正気は満足していた。そして次のプランに移るため、正気は独占中の携帯電話で寺尾に電話をかけた。

寺尾と話し終えたあと、正気はオーディオラックの左スペースの中から封筒を取り出した。寺尾に必要と言われた金は一万円。三枚ある万札のうちから一枚を引き抜いた。

明日の学校帰りに正気は寺尾と一緒に秋葉原へ繰り出すことになっていた。こういう罠を構築したい、と正気が相談したときに、寺尾は二つ返事で協力してくれた。彼もなにかの用があるらしく、罠のための部品を二人で買いに行くことが決まった。

正気は数週間後に実現されるであろう、新たな罠にはまった修作の姿を思い浮かべ、万札を見ながら笑ってしまった。

修作は張り切って女をモノにしようとしていたが、空振りばかりだった。

女子校の文化祭に来たのは十時だった。一緒に来る予定だった友人が来られなくなったため、修作は一人でナンパしていた。もう二時半。パンフレットを見ると、四時半で文化祭終了と書いてある。あと二時間で、女の子と仲良くなってメールアドレスを交換しなければならない。

携帯電話がないのは、ナンパでは致命的だ。今時の中高生なら携帯ぐらい持っているのが普通で、持っていない奴は痛々しがられる。携帯は、あのクソ兄貴のものになってしまった。女の子と運良くメールアドレス交換まで至った場合、修作は携帯を失くしたフリをするつもりだった。代わりに、パソコンのほうのメールアドレスを教えておき、携帯探しておくね、と嘘をつく作戦。まさか携帯を持っていないなんて言えやしない。

それにしても、と修作は焦る。

どうしてこの自分が未だに一人の女の子とも親しくなっていないのだろう。顔は悪くないほうだし、知性だって滲み出ているはずだ。こっちから声をかけているのに、女の子たちは一言二言交わしただけで離れて行く。

彼女たちは俺に魅力を感じ過ぎているのだろうか。修作は思う。自分の目の輝きに射すくめられてしまい、彼女たちは緊張してその場から逃げ出してしまうのだろう。ならば作戦変更だ。少し冴えない男を演じるまでだ。

冴えない男。

修作の脳裏にまた兄の姿がちらついた。

なぜあんな奴に女が近寄るんだ?

ダメ男ブームでも起こっているのだろうか?

修作は兄を憎みながら、この現状に焦る。

兄に見せつけなくては。兄の女以上の女をモノにして、同じように裸の写真を見せつけてやる。それはあの日から誓ったことだった。兄なんかより自分のほうが、外見、中身、すべての面において優っている。

嫉《ねた》んでいても仕方ない、と修作が思っていたとき、標準型学生服の男に声をかけられた。男は中三くらいだろうか。長身でいわゆる「モテ男くん」だ。

「どうキミ、女の子釣れた？」

「いや、まだダメ」

修作はモテ男風に返答した。

「そっかあ、俺もなんだ。実はキミに話しかけたのは同業者として、二人で協力して女の子をナンパしたほうが、ゲトりやすいかなって思ったからなんだ。どう、俺と組まない？」

「うん、オッケー」

修作は素早く計算した。確かにこの長身のモテ男くんとペアを組んだほうが、ナンパの成功率が上がるのは間違いない。

男はリュウヘイと名乗った。修作も軽く自己紹介をし、早速二人で女の子たちの群れを目指した。

リュウヘイと一緒なら、兄に嫉妬させるくらいの女の子を釣るのは簡単だろう。修作は期待に体を震わせた。

新しい罠を仕掛けて二週間が経った。寺尾が作ってくれたエレクトロニックな罠に、見事に修作は引っかかっていた。まるで古びた安食堂の厨房に仕掛けたゴキブリホイホイに集まるゴキブリのように、だ。正気は満足そうに、獲物の収まった罠を回収する。

修作はまだ、自分が罠にかかったことには気付いていない。当たり前だ。現時点では彼にはまだなんの痛みも与えていないのだから。

正気はデスクトップ型パソコンに罠を繋いだ。回収した罠を、デジタル技術で更に強力なものに作り替える。

今度の罠は強力だ。前回のものが、肉体的苦痛を相手に与える罠だった。正気は罠をマウス操作で強化させる。今回は、精神的苦痛だ。


両親と一緒にデパートから帰ってきた修作は、昼食にミートソーススパゲッティーを食べていた。一人家に残っていた兄はもうなにか食べたらしく、さっきからずっと上にいる。兄がいない食卓というものは、実に良いものだ。修作の気分は清々しくなる。

「あのトレーナー、あんたには似合わないと思うけど」

母が、さっきデパートで買ってくれた洋服のことについて話し出した。

父は、大量の粉チーズをミートソースの上にかけていた。

「いやいや、俺には似合うって。あの派手さが良いんだよ。なにしろ蛍光文字がプリントされてるんだぜ。それに、安かったからいいじゃん」

修作はさっき、母に頼みこんで九百八十円のトレーナーを買ってもらった。赤とパープルと蛍光塗料が入り乱れたデザインだ。いつも読んでいるファッション雑誌に載っていたのとそっくりだったので、修作は類似品でも良いからと思い、母に買ってもらった。ファッション雑誌に載っている服などはさすがに高く、修作は二ヶ月に一点のペースでしか買えない。

類似品でもかまわない。その独創的なデザインの流行服は、それを着た自分をいとも自然に原宿、あるいは渋谷に溶け込ませてくれるはずだ。

それに、自分にはこれを着こなすだけの風格がある。兄は決してそのような風格、美的センスをもちあわせることはできない。

階段から、兄が下りてくる音が聞こえてきた。修作は両親にわからないように小さく舌打ちし、スパゲッティーのおかわりをしに行った。

再び席について食べ始めた修作は、目の端で兄の姿を盗み見た。

黒い布袋から、なにやら様々な機械を取り出している。テレビ本体のボタン類を覆うように、なにか直方体の部品を取り付けている。他にもビデオデッキの裏側をいじくったり、配線をこんがらがらせたりしている。

また「プロモーションビデオを編集する」とでも言って、自分たちのバンドのナルっ気垂れ流しビデオでも作るのだろうか。修作は嘲笑《あざわら》いたくなる衝動を抑えた。

　両親の話題が経済から、近所の受験生に移ったので修作は割って入った。なんでもその受験生は今度中学入試で、修作の通っている学校を受験するらしかった。修作は、自身の学校の進学スピードの速さを両親に説いてやった。

「その受験生に、入学してからが大変だよ、ってちゃんと言っておいてね。ウチの学校はハイレベルだから」

「なに言ってんのよ、あんたみたいな生徒がいるくせに」

　母にそう言われて修作は気分を害したが、それはそれで良しとした。平和な、日曜日の昼下がりだ。

　兄はテーブルの上からなにかを取り、上に行った。そしてすぐに戻ってきた兄の右肩には、リュックサックがかけられていた。

「図書館に行ってくるから」兄は両親に短くそう言うと、家から出ていった。ヘンテコな機械類を残したままだ。

　またあさり時間ができた。約三時間。その間、兄は帰ってこないはずだ。だが気をつけなければならない。また兄の仕掛けた罠があるかもしれない。修作は傷跡の生々しい右手を見る。替え刃ボックスの中に手を突っ込んでしまってから約一ヶ月経ったが、所々、未だに傷口が開く。力仕事をする度に、血と黄色い粘液が流れ出てくる。その度に兄への激しい怒りを覚えた。あれから数回兄の部屋をあさったが、罠らしき罠には遭遇していなかった。だからといって油断はできない。ビン・ラディンのように、敵はこちらが気を抜いたときに再び仕掛けてくるかもしれなかった。

修作は兄の部屋に行く前に、マグカップにポットから熱いお茶を注いだ。淹れたばかりのお茶らしい、取っ手に早くも熱が伝わってくる。ダイニングテーブルにつき、お茶を冷ましながら修作は両親の会話に入った。とりとめもない話をする。

修作の背後でテレビがついた。お笑い芸人の騒ぐ声が聞こえてくる。母が見る気なのだろう。

しかし今まで会話をしていた母も、父も、リモコンに触れてなどいなかった。テーブルの上にもリモコンらしきものはない。椅子に敷いてあるクッションの下にでもリモコンが隠れ込み、誤作動してしまったのだろう、と修作は見当をつけた。

テレビが音を失った。真っ暗な画面に切り替わっている。画面の隅には「ビデオ1」と緑の文字で表示されている。入力切替ボタンは、誤って踏んでしまったとしても、押されにくいボタンだ。その両側のボタンの、ＢＳボタンとソフトメニューボタンに囲まれているからだ。

なにが起きているのだ。兄がテレビに取り付けたままの機械が気になる。両親もさすがに「お、なんだ故障か？」とテレビの異変に気付いたようだった。

突然、再び画面が切り替わった。

三人で釘付けになる。

兄の撮ったプロモーションビデオが、誤ってタイマー再生されてしまったのだろう。修作は期待しながら画面を見た。

白黒の映像だ。

よく見えない。最近、またパソコンゲームを親に隠れてやりだしたせいだ。一時的な目の疲労だろう。修作は画面を睨んだ。

画面の真ん中より少し上辺りで、人影がなにかをしている。人影の周りの空間に、修作は見覚えがあった。

修作は凍りついた。

見覚えのある空間、それは兄の部屋だった。

そして、画面の中で行動を起こしているのは、自分自身……。

画面の中の修作は、兄の机の引出しを開けていた。そこでなにやら作業をしている。なにかを取り出しては笑みを浮かべていて、修作は自分だとわかっていても気味悪く思った。

カメラアングルは、机の周りにずっとセットされていた。

防犯カメラか――。

修作はようやく思い至った。兄が仕掛けておいたのだ。修作がそう思っているうちに、また画面が切り替わった。

カメラアングルが変わっていた。机の横。本棚が置いてある位置からのアングルだ。

机の横にあるオーディオラックも映っている。

テープを繋ぎ合わせたのか、だれもいなかった空間に、突然修作の姿が現れた。

修作は画面に映っている窓の外を見て気が付いた。さっきの、天井からのアングルの映像と比べて、今のアングルで撮ったもののほうが明るい。

別の日に撮ったのか。修作は困惑した。何日前から撮られていたのだろう。

画面の中の修作が、ダイヤル錠を手早く開けた。そしてオーディオラックの右スペースから、ハードカバーの大型本を取り出した。そのハードカバーに写っている水着姿の女までをも、カメラは明瞭に捉えていた。

オーディオラックをあさったのは、罠にかかった日を含めてまだ四回だ、と修作は思い出した。

一回目は、ボックスの中に手を突っ込んで罠にかかったとき。二回目は、中に入っていたビデオテープをすべてリビングのビデオデッキで再生させたが、すべて空テープだったのでガッカリしたとき。三回目は、ビニール袋の中に入っていたレシートをすべてチェックしたとき。四回目は……。

修作は驚愕した。そしてハッと我に返った。

父は無表情に、母は唇を震わせながら無言でテレビ画面を見つめていた。

なにをしているんだ。早く映像を止めなければ。

修作は席を立った。数メートル先のビデオデッキしか目に入らない。

四回目にしたことが修作の頭の中をギュルギュルとよぎる。あれだけは両親に見られてはマズイ。せめて今映っているのが、四回目のとき以外の映像であってくれ、と修作は祈った。

だが画面の中の修作は写真集を手に持ち、兄の椅子に腰掛けた。間違いない。これはまぎれもなく四回目のときの映像だ。

危機感に押し潰されそうになりながらも、修作は冷静にビデオデッキの前で中腰になった。ビデオデッキの停止ボタンを押せば良い。それですべてが終わる。

そう思って突き出した修作の人差し指は行き場を失った。

ビデオデッキ本体のボタン類すべてに、金属製の強固なカバーが取り付けられている。修作はそれを剥がそうとしたが、なかなか取り外せない。

さっき兄がコソコソやっていたのはこれか。

修作は兄への怒りも忘れ、カバーを外そうと必死になった。だがビクともしない。直方体のカバーの両端が、かなり頑強な造りになっている。修作はボタンを押すのを諦めた。

画面の中の修作が、ズボンのファスナーに手をかけた。

修作は思わず声を発してしまった。そして慌てながらもテレビの電源スイッチを押した。

だがテレビはついたままだ。

修作は何度もスイッチを押したが一向に画面からは青白い光が発せられている。他のボタンはすべて、緑色をしたステンレスのカバーで覆われている。修作は剝がそうとしたが案の定、そのカバーも取り外すことはできそうもなかった。

画面の中の修作が、ファスナーの間から皮に包まれた棒をつまみ出した。

「よせー！　ふざけるな！」

修作は画面の中の自分に向かって叫び、急いでリモコンを探した。心臓は爆発寸前だ。テーブルの上、床、ソファとソファの隙間、あらゆる場所を修作は荒々しく探ったが、リモコンは一向に見つからない。と同時に、絶望的なことを思い出した。

さっき兄はテーブルの上からなにかを持って行った。あれは今考えてみれば、まぎれもなくテレビとビデオデッキのリモコンだ。

修作はテレビの後方に手を伸ばした。電源プラグを抜いてしまえば良い。木製の重厚な造りのテレビ台の裏に、限界まで右腕を伸ばす。だが届かない。修作はテレビ画面に目を戻した。

写真集を机の上に置いた修作が、棒をつまんだ手を上下に動かし始めた。右手につまれた棒は徐々に海綿体に血液を含んでいき、ものの数秒で最大の大きさに膨らんだ。

修作は混乱し、テレビ画面を平手で打った。そして駆け足で兄の部屋に入り、部屋中を見まわした。

映像を止められるものがなにかあるはずだ。修作は泣きながら探した。机の上、中、引出し、本棚、五段式ラック、オーディオラック……。どこを引っ掻き回しても、電子機器らしきものは見つからない。修作はカメラアングルのことを思い出し、天井を仰ぎ見た。

なにもない。ただ、蛍光灯の付け根の一部が埃を失っているだけだった。兄はおそらく、そこにカメラを取り付けていたのだろう。見切りをつけた修作は、鼻水まで垂らしながら一階に駆け戻った。

画面の中の修作は、かなりのハイスピードでピストン運動を行っていた。目は血走り、足はピンと伸ばされている。爆《は》ぜるのはもう間近だ。

修作はテレビの前に立ちふさがり、大声で喚いた。それで両親に画面を見せないようにしようとした。泣き喚きながら修作は部屋中を見渡した。どうすれば良いのか。天を仰ぎ見る。

すると蛍光灯の真ん中に修作の目は釘付けになった。四つの円の真ん中に位置する、明らかに怪しい四角い物体。

あれで遠隔操作をしているのだ。修作は思うやいなや、手を伸ばしながらジャンプをした。届かない。ダイニングテーブルから椅子を一つ持ってきた。父は修作のことを無表情に見続け、母はテレビ画面を唖然と見つめていた。

蛍光灯の下に椅子を置き、修作はそれを踏んで高くジャンプした。四角い物体を摑む。

だが摑んだ右手に鋭い痛みを覚えた。また替え刃を摑まされたらしい。そして、バランスを崩した。咄嗟に、修作は蛍光灯を摑んだ。

重力に耐えきれず、修作は蛍光灯もろとも落下した。床に叩きつけられる。次いで鳴り響く、ガラスが割れる音の群れ。修作の体には幾つかのガラスの破片が突き刺さった。母が悲鳴を上げげた。修作はショックで体を動かせないでいる。

画面に目をやった。

白黒の自分が立ち上がり、その反動で兄の椅子が後ろに倒れた。全身に力がみなぎっているのが窺える。

そして。

みだらに膨張した棒から、白いエネルギーが勢い良く噴射された。白いエネルギーは、そのまま兄の机の上に飛び散った。

修作は泣き止み、呆然とした面持ちで画面を見る。画面はまた他の場面に切り替わった。画面の中の修作が、また兄の部屋をあさっている。

雑然としたリビングルームには、母の泣き声だけが響き渡っていた。

正気は腹を空かせて家に帰り、作ってあったカレーそばのつゆを温め、その間に着替えた。土曜日の午後だというのにだれもいない。すぐに正気は、両親が今朝、富士霊園に行くと言っていたのを思い出した。通学時間が片道一時間半もかかるので、土曜とはいえ正気が家に着くのは午後二時だ。昼飯の時間はとっくに過ぎている。つゆが温まるのもそこそこに、正気はカレーそばに食らいついた。

テレビを見ながら麺を啜っていると、急に外の雲行きが怪しくなってきた。ものの十分で治まるだろうと思ったが、これ以上視力を悪化させてはマズイと思い、正気は暗くなった部屋に蛍光灯をつけた。

新しい蛍光灯。約一週間前に取り付けられたものだ。

先週の日曜日、六時頃に家に帰ってきた正気は驚いた。もう外は暗いのにリビングに明かりがついていないどころか、蛍光灯が外されていたのだ。両親はその頃ホームセンターに新しい蛍光灯を買いに行っていたらしく、不在だった。暗いリビングの中で光っているものはなにもなかった。テレビの電源も消えていた。

正気はあの日、ちゃんと一時間後にテレビの電源が切れるように、タイマーをセットしておいた。暗く静かな部屋に、冷蔵庫の唸り声だけが響いていた。上にいるはずの修作も、なんの気配も発していなかった。

そばを啜りながら正気は、先週の出来過ぎた勝利を思い出した。

寺尾に作ってもらった、パチンコ店などでも使われる防犯カメラ。それを正気は二週間、部屋のあちこちに配置し替えた。カメラから延びた細いコードは、本棚の奥に隠してあった小型ビデオデッキに繋がれていた。正気は長時間の外出をするとき、撮影開始と撮影終了時刻をセットしてから出かけていた。

カメラを仕掛けて三日目の夜。初めてテープの中を見たとき、正気は激しい嫌悪感に襲われた。映像として、修作のあさりが残ってしまっているのだ。今までは、修作が残した僅かな痕跡などで、正気は修作のあさりを想像していた。

ビデオの中での修作の変態性は、正気の想像を上回っていた。充血している目、落ち着きのない仕草、ただれたように開けられた唇……。

そういったビデオ数本を正気はパソコンで編集し、ダイジェスト版として一本の強力なビデオにまとめあげた。高橋がなり氏も真っ青な、とんでもなく豪華なホモ専&盗撮ビデオといっても良い。たっぷり一時間、修作のあさりやオナニーシーンだけが入ったビデオを、あの日、タイマー起動で流したのだった。寺尾が調達してくれたボタンカバーは強力で、リモコンがない限り、決してテレビとビデオデッキを操作できないようにした。テレビの電源ボタンにも正気は寺尾に言われた通りの細工をし、電源を切られないようにしておいた。

修作が動揺しながら懸命に映像を止めようとした姿が、正気の目に浮かぶ。

両親は多くを語ってくれなかったが、蛍光灯を道連れに修作が床に落下するとは予定外だった。正気はほんのおまけのつもりで、ビデオデッキ遠隔操作装置に見立てた罠を作ったのだった。プラスチック板で作った四角いものに、カッターの替え刃二、三十枚を浅く埋め込んでおく。あまり期待しないで取り付けた罠が、予想以上のダメージを修作に与えてくれるとは。蛍光灯まで外れるなんて考えていなかった。

両親にオナニー映像を見られ、右手には替え刃、体中には蛍光灯の破片が突き刺さった修作の姿を想像すると、正気は嬉しさで体が震えてしまう。

食べ終えた正気はどんぶりを片付け、カバンを持って二階の自分の部屋に向かった。ドアを開け、いつも通りにカバンを放った。だが正気はなにか部屋に異変が生じていることを悟った。

正気は目を剝いた。

異変は足下で起こっていた。異変、という言葉を使うほど生やさしいものではなかった。

オーディオラックの左右の蓋板が、破壊されていた。

右の方の蓋板を見る。ダイヤル錠はついたままで、蓋板だけが縦横無尽に激しく割れていた。先端の尖ったハンマーでも使ったのだろうか、板が強力な力でブチ破られたのは推測できた。

なぜ右の蓋板を。

正気は疑問に思う。ダイヤル錠なのだ。修作は何回も開錠していたし、中のものを取り出したいのならば、わざわざ蓋板を破壊する必要などないはずだった。

あさることが目的ではなかったのか。正気はそういう結論に達した。蓋板をブチ破りたくなるほどの怒りを修作は抱えているのか。正気は左の蓋板に目を向けた。

こちらはもっと酷かった。この蓋板を開けるために修作は頭を懸命に絞ってきたのだろう。我慢ができなくなった修作は、ついにこの蓋板を破壊した。右の蓋板を破ったのはその流れと言っても良いだろう。

蓋板は幾つにも分断され、木の繊維が何本も剝き出しにされ、おまけに蝶番まで折れ曲がっていた。正気は連続殺人鬼の姿に修作の顔を重ねた。そのイメージはこの惨状にぴったりと合っている。

怒りにまかせた単純な破壊行動、だけだと正気は思ったが、左スペースの中を見ると、その考えは吹き飛んだ。

南京錠に守られていた、オーディオラックの左スペースは、滅茶苦茶に掻き回されていた。正気はここになにをしまっていたかを思い出す。

アダルトビデオ、五百円玉貯金箱、無修整ＤＶＤ、ジェフ・ベックのサイン入りピック、船木誠勝が投げた汗拭きタオル、四年間分の日記……。

ハッとして正気はラックの中をまさぐった。日記だけは最後まで隠し通したい。日記には毎夜、自分の悩み、喜び、計画、反省、憎しみが、思ったままに書き連ねられている。心の中をそのまま表している日記だけは、だれの目にも触れさせないつもりでいた。思い起こせば正気が部屋の中をあさられたかどうか執拗にチェックするようになったのも、修作に日記を読まれたときからだった。中三の夏、中二の頃につけていた日記を入れた茶封筒が開いているのを正気は見つけたのだ。糊付けしてあったはずの茶封筒は口が開いたままになっており、正気は酷くショックを受けた。そのときに正気は、修作に対する強い警戒心を抱き始めたのだった。

中二の頃から高一の頃までの日記が入った茶封筒はすべて、封を切られていた。正気は落胆した。三冊ともすべて読まれてしまった。封筒に入っていなかった新しい日記帳も、修作に読まれてしまったに違いない。その証拠に、今年の日記帳の数ページが乱雑に折れ曲がっていた。

修作に心の中を見透かされたも同然だった。正気は激しい羞恥心を覚えた。それと同時に怒りが湧いてくる。あんな奴に、俺の数年間の心の内を読まれてしまうなんて。

正気は気をとり直してオーディオラックの中を探った。アダルトビデオ数本とＤＶＤはそのままで、サイン入りピック、船木タオルも特に損傷はなかった。

貯金箱がない。

正気はもう一度よく探した。だがやはり見つからない。五百円玉貯金箱が。あれは一杯にすると三十万円になる。三分の一は貯まっているはずだから、十万円前後はある。大胆に出たものだ、と正気は呆れた。それとも……。

修作に、いじめられている気配があったかどうか、正気は思い出してみる。広く浅くしか友達をもっていない修作だったが、いじめられているようには思えなかった。カツアゲされているわけではないだろう。

どうやら早急に金が必要だったわけでもなさそうだった。

だとしたらやはり自分に対する恨みか、と正気は結論を出した。部屋から出ようとして正気はドアの方を向いた。

入ってくるときには気付かなかったが、ドアのある壁に面した本棚、収納スペース等が、嵐が過ぎ去ったあとのような状態になっていた。本は床に散乱し、収納スペースは開け放たれ、釣り用の練り餌の粉が、白く辺りに撒き散らされている。それを横目で見つつ、正気は和室を隔てたところにある修作の部屋のドアを開けた。

修作はいない。ベッドで寝ているわけでもなかった。正気はリビングに下りてコーヒーを沸かし、心を落ち着かせた。

ついに修作は、兄である自分の目を気にしないようになってしまった。もう自分の部屋の中に、ものを隠す空間はない。オーディオラックまで壊されてしまったのだ。金属製の金庫でも買わなければ、修作の目からはなにも隠せない。

車庫の前のフェンスが開いたらしく、電子音楽が玄関から流れてきた。修作か、と正気は思ったがドアから顔を出したのは母だった。

「あれ、父さんはどうしたの?」

「駅前で降ろしてきた。床屋に寄ってからバスで帰って来るってさ」

母は靴を脱いで家に上がってくると、どこかの店で買ってきた珍しいお菓子をテーブルの上に広げた。ソファにふんぞり返っている正気に対し、母は外国製のチョコレートバーを投げ渡した。でも正気はそれに手をつけずに、自分で淹れたコーヒーを静かに啜っていた。

「あら、あんた食べないの？」

母の質問に正気は頷く。そして急に、正気は母に切り出した。

「ねえ母さん、今日学校から帰ってきたら、俺のオーディオラックが壊されてたんだけど、だれが壊したか知ってる？」

「そんなの知らないわよ」母は怒りながら答えた。正気は続けた。

「修作の学校って、土曜は休みだよね。修作が見当たらないんだけど、今日はどこに行ったの？　何時に出かけたの？」

「私はお父さんと八時半に出かけたんだからそんなこと知らないわよ。まさかあんた、修作を疑ってんの？」

どうやら母もなんて答えれば良いのかわからなくなってしまっているようだ。

「疑ってんの、って当たり前じゃん。じゃあオーディオラックを壊したのは母さんなの、それとも父さん？　空き巣に入られたんじゃない、なんて言い出したりしないでくれよ、頼むから。手塩にかけて育ててきた次男がそんな野蛮なことをするなんて認めたくないだけでしょう、母さん」

「いい加減にしなさい！」

淡々と喋った正気に母が逆上した。首の辺りが微かに震えている。

「あんたはどうして弟をそう憎むのよ。オーディオラックだかなんだか知らないけど、修作がそれを壊したのはあんたが恨みを買うようなことを沢山したからでしょう。あんたがストレスを与え続けてきたのよ、修作に……」

「具体的にどんなだよ」

正気もイラつき始めてきた。いくら混乱しているとはいえ、修作サイドに立っての母の物言いは許せない。

母が、苦しそうに口を開いた。

「あんた、部屋に隠しカメラ仕掛けて修作のこと、盗み撮りしてたじゃない」

「隠しカメラ？　盗み撮り？　冗談じゃないよ。あれは防犯カメラで、盗み撮りじゃなくて部屋のセキュリティをチェックしていたの。失礼なことを言うんじゃ……」

「どっちも同じよ！」母が声を張り上げた。

「この前の日曜日、あんたはビデオをセットして出かけて行ったわよね。そのあとにあんな映像を見せつけられたお母さんの気持ちがわかる？

あんたの机の中をあさっている修作の姿を見るのも悲しかったけど、それを撮って家族に見せつける、あんたの心の汚さのほうがよっぽど悲しかったわよ。ねえなんで、なんでなのよ。撮影道具一式、テレビとビデオのタイマー装置を揃えるのに、お金かかったはずでしょう？　どうしてそこまでお金かけてまで修作のことを見世物にしたがるの？　どうしてあんなに目の敵にするみたいな行動がとれるの？」

「ビデオデッキの感想はそれだけかよ」

正気は低く、強く言い放った。

「ビデオを見て、修作に対して感じたことは少しだけで、それを撮った俺のことを悲しんだだと？　おいおい、そりゃないよ。俺はテリトリーに侵入してきた修作のありのままの姿を撮っただけなんだぜ。ありのままの修作の悪事を、極めて自然な角度から撮影しただけなんだよ。もし俺がこの前の日曜日、修作の寝顔を撮ったビデオを延々と流していたらどう思ってた？　多分母さんは、だれに対しても悲しみを抱かなかったはずだよ。でも前回見せたビデオには、修作のあんなことやこんなことが映っていた。修作が悪事をはたらいていたから悲しくなっただけなんだよ、母さんは。修作の悪事を抜きにして俺を責めるなんておかしいと思わない？」

母は白目を赤くして黙ったままだ。正気はコーヒーを啜り母の反応を待った。だがなにもなかったので、正気は再び口を開いた。

「ここで一旦原点に戻るけど、修作のあさり行動について話をしよう。母さんは俺が机の中、それだけじゃない、部屋中をあさられていることに関して、大したことないと思ってるでしょう。でもまだ未来のある若者にとっては、沢山の創造の軌跡が詰まっている机をあさられるのは、かなり大きなストレスになるんだ。例えばまだデビューもしていない小説家の卵が机の中にある未発表の作品をだれかに勝手に読まれたらどう感じると思う？　きっと恥ずかしさに押し潰されそうになって、尚且つ怒り狂うはずだよ。それと同じ。俺は小説なんか書いているわけじゃないけど、そういった試行錯誤の跡を見られるのが嫌なんだよ。それを毎日……」

「私は……」

母の言葉で正気の喋りは遮られた。

「私は修作があんたの机の中をあさること、少しだけ頼りにしてたの」

はぁ？　なにを言い出すのだ。正気は首を捻った。

「だって修作があんたの机の中や部屋中をあさっている限り、あんたはとんでもないものを買ったり仕入れたりしないわけじゃない。最近、部屋にこもってシンナーとか吸ったり酒飲んだりする若者が多いでしょう。ナイフを集めたり、小動物を殺したり。万が一あんたがそれに近いようなことをしようとしたとしても、修作の目があればそれは防げる……」

「俺がそんな危ない奴だとでも思ってたのか、母さんは」

正気は冷淡な口調で言った。

「確かに中学受験の勉強をしてた頃、小学生の俺はストレスを発散させるために人を殴ったりした。危険な奴だったかもしれない。だがそれも一時的なことだ。現に今なんか、修作に嫌なことをされても俺は指一本触れようとはしないぜ。暴力、不良の片鱗なんか俺には微塵も……」

正気は母が息を呑んだのがわかった。

「じゃああんた、なんなのよ、机の引出しの中に入ってた煙草は！」

一息で言った母の口元を、正気は唖然として見つめた。そしてようやく事情を理解した正気の表情が歪む。

「母さん、あんたまであさってたのか……」

正気は落胆した。なんなのだ、この家族は。母がなにか言いかけたのを正気は手で制した。

「母さん、あの煙草はね、修作を釣るためのものなの。単なる囮《おとり》なの、囮。修作が俺の机をあさっていて、煙草を発見する。そうしたら当然、俺のことを憎む修作は、そのことを母さんに報告しようとするでしょう？　でも、報告したらどうなるか。報告したってことは、煙草を見つけたこと、それはつまり、俺の机の中をあさってたってことを意味するわけだ。あいつもネズミほどの頭はあったみたいで、さすがにその煙草のことは母さんに報告しなかった。どうしようか葛藤はしていただろうけどな。チクリたい、けど机の中をあさっていることはバレたくない、ってね」正気は一息ついた。

「でもまさか、煙草の囮に引っかかるのが母さんだったとはね。まったく、修作と二人して俺の机の中をあさってたってことかい。あさってるのはごみ箱の中だけじゃなかったみたいだね、母さん。この際だから言っちゃうけど、俺のごみ箱をあさったりしても無駄だよ。ヤバイものは全部、学校のごみ箱に捨ててきてるから」

言い終えると正気は母の顔も見ずに自分の部屋へ向かった。

こんな母弟がいる腐った家からは出ていかなければならない。正気はそう思い、身支度を始めた。キャンプトレッキング用のリュックサックに、インドア用の生活道具を詰めこんでゆく。学校に行かないわけにもいかないので、学生服、教科書等も詰めこんだ。オーディオラックからは四冊の日記だけを取り出した。オーディオラックの左スペースの中を手でまさぐった。だがいつもそこにある封筒が消えていた。万札が二枚、入っていたはずだが。

修作に持って行かれた。なにをそんなに金を使おうとしているのだ、と正気は疑問に思った。それに修作は一体、どこに行っているのだ。

用意をし終えると、正気はリュックサックを私服に背負い、玄関で靴をはいた。異変に気付いた母が近寄ってきた。

「どこに行くの?」

母の声は心なしか震えている。不安そうな目で正気を見つめる。

「しばらく出かけてくるから。あんたたち二人とも、頭冷やしとけよ。いいか、頭冷やすのは俺じゃなくて、あんたと修作、二人なんだからな、勘違いするなよ。そうそう、この前、もっと小型の防犯カメラを部屋に取り付けたんだ。俺が家を空けるってことは、それだけ修作が俺の部屋をあさるってことだ。この前のよりもっと凄いオナニーシーンが見られるかもしれないよ。あれはどうだった、面白かったでしょう、射精するときの修作の顔。あ、もう四時だ。暗くなっちゃうからもう行くね、じゃあね」

正気は一気にまくし立てたあと、玄関の外に出た。自転車にまたがり、いつもの駅を目指す。

五時半に正気はタワーに着いた。正気の高校が附属している大学の、超高層校舎だ。二年前に開設されたばかりで、大学とは思えない、むしろオフィスビルのようなキャンパスだ。千代田区の一等地に建てられたため、敷地面積は狭い。だがその分、校舎の高さは半端ではなく、一番上のフロアの食堂から見える景色は、どんな建造物にも遮られない。文系の学部しか収容できないものの、大学側の狙い通り、この都心に位置する魅力的な校舎に惹かれて入学を目指す受験生たちは増加したらしかった。

異様な塔。何度見ても、正気にはそうとしか思えない。

高校の生徒手帳を門衛に提示し、正気は玄関ホールに入った。大学生たちが数十もの組をつくって騒いでいる。だれも、リュックを背負っている正気に注意など向けない。

正気はこれからしばらくここの校舎に寝泊まりするつもりでいた。大学の外に出ればコンビニなどゴロゴロ建っているし、なにしろ学校が近い。ここから正気の通っている学校までは、徒歩で三分ほどしかかからない。飯に関しては、朝は駅前のマクドナルドかミスタードーナツで済ませれば良いし、ここの校舎のてっぺんにある食堂は午前十一時から午後八時まで営業している。夕食はそこで五百円以内で済ませれば良い。金がなくなってもすぐ近くに郵便局がある。生活するためのほとんどが、この高層校舎とその周辺に揃っている。正気は冷水機のペダルを踏み、喉の渇きを癒した。

ただ一つ迷うのが寝場所の確保だ。正気は話には聞いていたが、この校舎で数ヶ月間、寝起きを繰り返している強者《つわもの》たちが、数人はいるらしい。彼らの寝場所があるのなら正気の寝場所もあるのだろうが、それをすぐ見つけられるほどに正気はこの巨大な校舎内を把握してはいない。とりあえず正面玄関を通って左に位置する、大学図書館に入った。ここはテスト前などに正気たち一部の附属中・高生たちが自習のためによく利用していた。

図書館内専用の、ガラスで四方を囲まれた小型エレベーターに乗り、正気は一気に地下五階までのボタンを押した。ガラス越しに見えるどのフロアにも、数十人ずつの学生たちがいた。最下の地下五階から順に、正気は寝場所を探しながら各フロアをうろついた。上のフロアに行くのには階段を使った。正気はとんでもない量の蔵書棚の間をくまなくチェックした。広いトイレが各フロアにあるが、それらは候補地として良さそうだった。もし他に場所が見つからなかったら、正気はトイレの洋式便器の上で寝ようと思った。便座も電気で温められているから寒くはないはずだ。

地下一階をうろついていたとき、正気はこちらを見ている学生服に目線を合わせた。附属校の高校生に違いない。視力の悪い正気は歩み寄っていった。七メートルほどにまで近寄ったとき、こちらを見ていたのがファンリルだったと判明した。ファンリルは急に目線を外すと、足早に階段を下りていった。

あいつ、学校が終わってから今までここでなにをしていたんだ、と正気は不審に思った。だがむしろ不審に思っているのはファンリルのほうだろう。正気は私服にリュックサックを背負っているのだ。これで怪しまれないはずがない。またファンリルに遭遇したくはなかったので、正気は一階まで階段を上り、図書館を出て玄関ホールに戻った。

まだ利用者の多い、三基のエレベーター。そのうちの中央のエレベーターに乗り、正気はとりあえず十五階のボタンを押した。エレベーターには他にも数人の大学生が乗っている。チビメガネの男が正気のリュックサックを不思議そうに見ていたが、正気と目が合うとすぐに視線を逸らした。

巨大リュックを不思議がられはしたが、高校生だと疑われはしなかった。それには正気は自信をもっていた。なにしろ警察署の前のメンズショップに、中二の頃から出入りしているのだ。それでも一回も職質を受けたことはない。学生服を着ていなければ、大学生以上には見える。校舎内で寝ているところを守衛に見つかったとしても、居眠りが過ぎた学生として軽く見てもらえる。もし高校生だとわかったら、どんなに騒がれるものかわかったもんじゃない。

人工的な灯を発してきた街並を眼下に、エレベーターは昇ってゆく。

太陽に瞼を直射され、修作は目覚めた。午前十時二十八分。修作は重い頭を抱え、目ヤニを落としながらリビングに下りていった。

だれもいない。今日は平日だから当たり前だ。父は出勤したし母はパートに出かけたし、兄は只今家出中だ。兄はもう一週間以上、帰ってこない。家の中にいるのは修作だけだった。

母が「学校にちゃんと行きなさい」とうるさく修作に言わなくなったのは、三日前からだった。修作は、兄が家出した週末が明けてから、ずっと学校には行っていない。不登校児。あるいは俗に言う、ヒッキーとして、修作はここ数日を家で過ごしている。

母の心労は計り知れないだろう、と修作は自分でも思う。家出した長男、不登校の次男。

母は「あんた学校でいじめられてるの？」と修作のことを心配していたが、修作が不登校をしている原因は実際はそうではなかった。

兄に精神的に深い傷を負わされた、というイメージを両親に植えつけるために始めた不登校。両親も兄の行いが原因なのではと考えているようだったが、相手が身内であるためか、そのことは口にできない様子だった。もっとも、その兄も今は家出中なのだ。兄弟揃って、精神的なトラブルを抱えている。両親はそう思ってため息をついているだろう。

しかし修作が家から出ないのはそれだけが原因ではない。多くの不登校児、いや、引きこもりと呼ぶべきか、その引きこもりのように、体中がだるいのだ。朝起きた途端に不機嫌になる。どんなに寝ても眠気がするし、疲労感が拭えない。

ここ最近、めっきりと体が悪い方向へ変調していっているのを修作は自覚していた。少し運動しただけでも息が上がるし、手足が青白くなる。これはやはり、本当に兄から受けた精神的苦痛が深かったらしい。肉体と精神は連動している、とはどこかで聞いた。

このままこんな生活を続けていれば、本当に引きこもりになってしまうかもしれない。そんな考えが微かに修作の脳裏をよぎる。だがすぐにそれを打ち消した。まさか。自分に限ってそんなことはない。

家族の前ではやらない牛乳のラッパ飲みをし、修作はパックを冷蔵庫に戻した。腹は減っていない。それで朝食ＯＫ。

修作は今日の予定を考えた。

兄はいない。だがここ数日の間ずっと兄の部屋をあさっていたので、もういい加減にあさりは飽きた。あれほど、兄がいない間の楽しみとして君臨してきた部屋あさりは、今の修作にとってはすっかり魅力を失っていた。もうほとんどの空間を修作はあさりつくした。仕方がないので修作は、母に没収されている自分のノートパソコンをダイニングテーブルの上に広げた。修作はそのまま午後二時まで、ずっとパソコンゲームのオンライン対戦をやっていた。平日の昼間だというのに、ゲームの対戦相手はネット上にウジャウジャといる。彼らも皆引きこもりなのだろうか。

暇を持て余した修作は兄の部屋に行った。そして散乱した部屋の中を眺めまわす。部屋は修作が荒らしたままになっている。兄もいないし、いたとしてももうかまわない。正面攻撃だ。修作は兄の目を避けて部屋をあさるのはもう止めにした。堂々と、力でもってあさる。修作は自分に対し、神経が図太くなったと感じた。

なにをあさろう、と修作は考えるが、すぐにパソコンの中をしばらく見ていなかったことに気付き、起動スイッチを入れた。

パソコンの起動音に合わせるようにして、修作は頭痛に襲われた。それに慢性的なだるさが加わり、修作は気が狂いそうになった。修作は本棚の仕切り板を蹴った。何冊かの本がバラバラと床に散らばる。まだ不快だ。修作は兄の所持する家具を片っ端から蹴り飛ばしていった。五段式ラックは倒れ、オーディオラックは割れる。

呼吸が落ち着いてきたところでようやく、修作の頭痛は消えた。兄のパソコンに向き、「最近使ったファイル」をまずチェックする。

だが突然、デスクトップ上に表示されているカレンダーを見て修作は思い出した。

今日は月曜日だ。修作は時計を見上げた。二時半。待ち合わせの時間までおよそ一時間半だ。遅れるわけにはいかない。相手は約束の時間を過ぎたら待ってくれないだろう。修作は二週間ぶりに相手に会うために、慌てて家を出る支度をした。

喉が痛い。頬にカーペットの感触を覚えながら正気は目覚めた。窓の外はまだ暗闇だ。

床に放ってあった腕時計を手で探り寄せ、LEDを発光させて時間を調べた。

午前四時五分。

まだこんな時間じゃないか。正気は夢の中で喉の痛みを感じ、そのまま起きてしまった。実際、今も喉は痛いままだ。空気が過度に乾燥していた。

二十メートル四方の広い教室に、一人正気は起き上がった。といっても他に人がいるわけではない。正気以外だれもいないのにも拘わらず、教室の窓側にある暖房は忙しなく働いている。三日に一度の割合で、用務員は暖房を止めるのを忘れて眠ってしまうようだった。

下はフリースパンツ、上は登山用長袖シャツという軽装で正気は教室を出た。床はカーペットなので足音はそんなに立たないが、正気は静かに自動販売機を目指した。ここ十八階の中央にエスカレーターがあり、それを回りこんだところに自動販売機とトイレは位置している。わずかな明かりだが常夜灯が灯っているので、歩くのにおぼつかないということはない。

正気は今の自分の素行を考え、コーラを買った。健康飲料水など体に良いものなどではいけなく、ひたすら刺激があり、破壊的で体に悪いものを飲まなければならないと正気は勝手に決めていた。案の定、一口目は、渇ききった喉には心地好いどころか焼けるような痛みをもたらした。

真っ暗なトイレで用を足すと、すぐそばにあるベンチに腰を下ろした。飲み終わったコーラの缶を、ごみ箱に投げ入れる。

正気は今朝で、家出してから十六回目の朝を、ここ超高層校舎で迎えていた。守衛に見つかりもせずに寝場所を転々とし、五日目からはここ十八階に六つあるうちの一つの教室に落ち着いた。

だがそんな正気だったが驚くべきことにも一度、遭遇したことがある。

七日目の夜に図書館地下一階の、「リラクゼーション読書ルーム」という小部屋で卓上電気スタンドを使って読書をしていたときのこと。眠くなってきたので正気はそのまま電気を消し、机の上に突っ伏して寝てしまった。それから数時間後に正気は目を覚ました。まだ午前三時だったのでこのままここで寝てしまっても良いかと思ったが、首が酷く凝っていたので立ち上がって大きく伸びをした。

小部屋の入口のそばを見たとき、慌てて伸ばした両手を引っ込めた。本当に驚いた。入口横の壁に沿うように、ワインレッドの色をした寝袋が転がっていた。寝袋からは、人の顔がのぞいていた。正気は恐る恐る近付いて、薄明かりの中でその顔を覗き見た。

大学三、四年生。少し弛んだ二重顎に無精髭、寝袋の脇には、正気のと同じようなリュックサックとメガネケースが置いてあった。守衛じゃないのは明らかだったので安心した。やっと仲間と遭ったと思って正気は冷水機に水を飲みに行こうと小部屋のドアを開けかけた。

「うわえ——、なー！」

という叫び声が背後から聞こえた。校舎のどこかにいる守衛に聞かれてはマズイと思い、正気は瞬時にドアを閉めた。そして後ろに向き直った。

大学生が全身を寝袋に収めたまま、首だけ上に上げた状態で正気に向かって目を見開いていた。かなり驚いているようだった。

「僕もさっきまでそこの机で寝てただけですよ。安心してください。守衛でもなんでもないですよ」正気のその言葉に幾分か安堵したらしい大学生は、寝袋のファスナーを内側から開け、脱皮するように寝袋から這い出た。

「君、なんでこんなところにいるの？　この校舎で寝る可能性があるのはコジマ、ヤナザワ、オザワさんだけだよ……」

大学生は自分に言い聞かせるようにそう言っていた。その言葉から判断するに、この校舎で寝泊まりする常連さんは四人のようだった。話には聞いていたが、まさか遭遇するとは思っていなかった。

「あ、僕はこの大学の附属の高校に通っている者です。高二の高見澤と申します」

正気が自己紹介をしたら、ようやく大学生の緊張感はとれたようだった。髭をボリボリと掻きながら大学生は口を開いた。

「ぼ、僕はね、経済学部の地域行政学科三年のトドロキ。えっと、車三つで轟」

いくらか親しみのこもった笑みを轟さんは浮かべた。

「実家のある埼玉の狭山市から通ってるんだ。とんでもない田舎でしょう、だから通学時間が物凄く長いんだ。通学に時間を費やすのも勿体無いから、一年のうちの三分の一の夜は、こうして過ごしているんだ」

「へえ、凄いですね。一年の三分の一もですか……」正気は感心してしまった。でもいくら通学時間が長いとはいえ、この校舎の中でひっそりと過ごすよりは家で過ごすほうが良いだろうに。でも家族と仲が悪いのかもしれないし、バイトで金を貯めてアパートを借りる気力もないかもしれないので、そのことは言わないでおいた。

「そうそう、君はなんで高校生なのにこんなところで寝ているの？　家出？」

問われた正気は時間もあることだし、家出した理由を軽く話した。轟さんはその間、興味深げに聞いていた。

「ふうん、そうなんだ。兄弟は仲良くしたほうがいいけどね。ま、当人にしかわからない事情とかもあるしね。高見澤くんの家出は間違っていないと思うよ」

結局、七日目の夜は明け方まで轟さんと途切れ途切れ、とりとめもない話をして過ごした。


さっき早く起き過ぎてしまったために正気は暇だった。読書をしたくても、卓上電気スタンドが使える小部屋、という場所は「リラクゼーション読書ルーム」しかない。他の机などは、図書館内のガラス張りエレベーターからすべて見渡せてしまう。校舎の各フロアにあるトイレで明かりをつけて読むのも手だが、首が痛くなりそうだ。寝ている轟さんを起こすわけにはいかないので、「リラクゼーション読書ルーム」に行くのは諦めた。

夜明け前の時間を持て余してしまった正気は、さっきまで自分が寝ていた教室からリュックサックを取ってきた。ぼんやりと、展望台代わりの食堂に行こうと思った。エレベーターを使って守衛に怪しまれたくはない。正気は動いていないエスカレーターを一段一段、上っていった。

正気は食堂の窓に寄り添うように立ち、外を眺める。

明かりが点在しているが、まだ暗い。遥か向こうに見える新宿方面だけが、その上空に淡い光を発していた。

千代田区はオフィス街なので夜間の人口が極端に少ない。新宿や銀座、新橋などのように夜の店が多くあるわけでもなく、あったとしても人気《ひとけ》のない所で飲む客は少ない。飲みたい人間は自然と銀座、新橋方面へと足を運ぶ。夜間は、大通りなどの周辺以外には人気がなくなる。正気が住んでいるのは千葉のベッドタウンなため、家出をした日は多少、都心の夜の喧騒というものに期待していた。けれども皇居に生えている木々に代表されるように、千代田区の夜は至って静かだった。

いつ帰ろうかな、と正気は思った。ここで暮らしていても特に不自由はない。テレビを見ないで図書館の本を読み潰す生活は崇高な感じがしたし、大袈裟だが、五感の働きが鋭くなったような気がする。守衛の足音に耳を澄まし、腹が減ったときに必要な分だけの食物を摂取する生活。おかげで元々割れていた正気の腹筋は、彫りの深さにさらに磨きがかかった。

学校にはちゃんと行っている。母から担任の教師に電話があったらしく、正気はある日職員室に呼ばれた。「どこに寝泊まりしているんだ?」と問われた正気は正直に、超高層校舎の名前を答えた。タワー内は安全だし学校にはちゃんと来ているのだからという理由で、担任の教師は母に、もう少し様子を見ては、と話をつけてくれた。弁当が母親手製弁当からコンビニ弁当に変わったことを除いて、正気の学校生活は変化していない。三日に一度、放課後にYシャツや下着を脱ぎ、水道で洗濯をしてからストーブの前にかけておく。運動部用に設置されている簡易温水シャワーで体を洗い流し、体操着に着替える。教室に戻り、その間に乾ききったYシャツ等を着て、正気は大学校舎へ向かう。至極清潔な生活だ。ただ体操着が汚れるのと腹が減るのとで、テニス部の練習には参加していなかった。

十二月にある期末テストまで、あと二週間ほどある。テストが終わるまでここで生活しても良いかな、と正気は思った。勉強などは家でやるよりも、静かな地下図書館でやるほうが効率が良い。あと一ヶ月は食堂とコンビニ、マクドナルドに通えるだけの金は郵便貯金に残っている。家族に対してストレスを感じない生活を、容易には手放したくなかった。

家族――。

修作は今どうしているのだろう。

正気は修作のことを考えた。兄の不在を喜び、部屋あさりを満喫しているのだろうか。それとももうあさり尽くしてしまって飽きているのだろうか。いずれにしろ、修作にとっては快適な生活に違いない。

二週間も修作と離れて過ごすうちに、正気は体の中にあるなにかが減っていった気がした。

この窓の外の景色以上に、鋭利な黒さを秘めているもの。

そう、黒冷水。

それが正気の体から少しずつ抜け出ていた。修作に対する憎しみ、嫌悪などの感情は、正気の中で小さくなっていった。もう修作と顔を合わせても、穏やかでいられるかもしれない。

だが。

竹谷先生のカウンセリングを受けた結果はどうだったか。正気はそのことを思い出す。カウンセリングが終わった帰り道、正気の心の中では修作に対する穏やかな感情と、自分自身への羞恥心で満ち溢れていた。もう一度、幼かった頃の兄弟仲を取り戻せる、と信じて止まなかった。

家に帰って修作と接していて間もなく、正気のその考えは崩れ去った。体中に流れ出て止まらない黒冷水。正気の頭の中は、たちまち修作への嫌悪感で満たされていった。

正気は外を眺め、ため息をつく。

修作と顔を合わせても、今度こそ憎しみを感じずにいられるだろうか。いや、無理だと思う。どうせカウンセリングを受けた日と同じ結果になるはずだ。

修作に　会えば噴き出す　黒冷水

心情に合わない冗談めいた句を正気は心の中で詠んだ。悲しいわけではないが、妙に寂れた気分になってくる。

結局、二人は離れて生活するしかないのだろう。正気はそう思う。自分と修作は居合わせれば憎み合い、互いの心を摩り減らす。修作と離れて生活している今、正気は嫌悪感と憎しみに支配されてはいない。

どうせあと数年も経てば正気は家を出るし、十数年後には結婚して家庭をもつだろう。家庭をもってしまえば、修作と顔を合わせるのは年に数えるほどになるだろう。場合によっては、まったく会わなくても良いのだ。親戚間で兄弟の仲の悪さが噂されるだろうが、それぐらいの犠牲は仕方ない。

正気は我慢することにした。あと数年。数年経てば、正気は家を出る。そして修作との間には血縁関係以外、なにも残らない。年老いた両親に顔を見せるときなどは、兄弟で交互に顔を出せば良いだけのことだ。

なにを今まで悩んでいたのだ。

正気は気が楽になった。あと少しの間、心に重りを載せておくだけで、自分は黒冷水から解放されるのだ。

自分が喫煙家でないことを悔やみながら、正気は交通量を増し始めた眼下の道路をじっと眺めた。

避難訓練の日だったので、学校は五時間目の途中で終わった。避難場所の北の丸公園で解散した中学生、高校生たちが、あちらこちらの駅を目指してゾロゾロと群れを成している。

正気も仲間たちと馬鹿話をしながら歩いていたが、地下鉄の駅を目前にして一人別れた。その足で三省堂書店に向かった。店内で趣味の本、雑誌などを立ち読みし、ギターの月刊誌を買った。お気に入りのマーチン社製のギターは家に置いたままだが、音楽室のギターを友達と昼休みに弾いていた。家に居ずとも、趣味まで楽しめるというわけだ。

二時過ぎに超高層校舎に正気は入った。まだ私服には着替えずに学生服のままで、図書館に直行する。一階にある席につき、宿題をやり始めた。期末テスト二週間前。そろそろ、読書ばかりしている場合ではなくなってきた。高校で受ける全テストの合計で、大学への推薦順位が決まってしまうのだ。宿題を終えてもなお、正気はノートと睨み合った。

苦手な数学を勉強したため正気の脳は疲れ果てていた。それを休めるために、トイレに足を向けた。他の百数十の机を見まわしてみると、チラホラと学ラン姿の中・高生を見かけた。彼らもまた、集中して勉強するためにここを利用しているらしかった。

三分で大便を終えると、トイレを出てすぐのところで「高見澤さん」と声をかけられた。声のした方を見る。

テニス部の後輩で中二の青野が、何冊かの本を脇に抱えて突っ立っていた。

「おう、青野。久しぶりだな」

「部活に来始めたと思ったら高見澤さん、ここ最近また来なくなっちゃいましたね」

「そりゃここの校舎で質素に生活しているからさ。エネルギーの浪費は避けなくちゃな」

「そんなもんですかね」

正気が家出をしていてこの校舎に寝泊まりしているということを、親しい友人たちと何人かの部活の後輩は知っていた。正気が自ら喋ったのだ。

「あ、高見澤さん、注意したほうがいいですよ。さっきこのフロアでファンリルが出現したんです。危ないですよ」

「怪物でも見たかのような言い方だな」

二人はそのまま机から離れ、ガラス張り小型エレベーターの乗り場近くに移動した。そこにはオープンカフェ風のテーブルと椅子が五つ設置されている。そのうちの一つに二人で腰を下ろした。

「高見澤さん、なんでこんなところで生活しているんですか?」単刀直入に青野が訊いてきた。

「弟が暴走しだしたからだよ」

正気は一部始終を、簡潔に青野に伝えた。

「いやあ、兄弟の憎み合いがついにそんなところにまで発展しちゃったんですね。ある意味凄いなあ。でもそこまで憎み合っているなら、もうとことん憎み合っちゃった方がいいですよ。そうしたら力尽きて、二人とも敵対しなくなるかもしれませんしね」

青野は軽くそう言った。

確かにそうなのかもしれない、と正気は思った。三歳も年下とはいえ、青野にそう言われると納得できる。男女を問わずに人を惹き込む空気をもった男だと正気は感心した。

「青野、おまえ、もうテスト勉強か？　中学生のときは遊んどけよ。どうせ大学進学には関係ないんだし」

「違いますよ高見澤さん。テスト勉強は二週間前にならないとやりませんよ。レポートの作成です、レポートの」

「レポート？」

「生物の課題で、『人体と薬品』というテーマでレポートを書くように言われたんです。出来が良いものには平常点がプラスされるそうですから、頑張って書こうとしてるんですよ」

そう言って青野は何冊かの本のうちの一冊を取り出して渡した。正気は怪訝な顔をした。

「ん、『麻薬・薬物依存症例』?」

「そうです。テーマは麻薬類です」

面白そうなことを調べるな、と正気は感心した。さすが青野、目のつけどころが違う。

「他にも沢山、本を借りたんですよ」

青野は五冊の本をテーブルの上に置いた。正気は一冊一冊手に取る。『覚醒剤精神障害の臨床』、『犯罪白書』、『多剤乱用の実態』、『覚醒剤嗜癖の長期予後の研究』、『麻薬・薬物依存症例』。どれも表装がシンプルで定価が数千円もする、学術書ばかりだ。

「おまえはここまで熱を入れているのか。たかがレポートのために、こんな難しい本を読むなんて」

「必要なところだけを拾い読みするだけですって。でもまあ、熱は入ってますよ。点数がどうのこうのよりも、先生に一目置かれたい一心ですからね」

「偉いなあ、青野」

それから正気は自動販売機でコーラを二本買い、一本を青野におごってやった。青野が「ここじゃ気分が爽快にならない」と言い出したので、二人は荷物をまとめて図書館を出て、玄関ホール中央のエレベーターで一気に最上階まで上がった。

食べもしないのに食堂に入るのも気が引けたので、二人は食堂入口とは反対側にある、人気のない部屋に入った。

　入口にドアはついておらず、床も天井も壁も、ただただ真っ白い。入口から幅三メートル、高さ三メートルほどしかないが、入口を通って右を向けば、長さが二十メートルほどあるのがわかる。その先は行き止まりになっている。直方体の空間、全面ガラス張りの窓。白とガラスにしか囲まれていないこの部屋は、未来の超特急電車の内部を想わせる。なんのために使われている部屋なのかはわからない。椅子も、なにもない。

　入口から右に二十メートル進んだ、行き止まりのところで二人はコーラのプルタブを開け、乾杯した。

　あらためて直方体の部屋の中を眺めまわしてから青野が口を開いた。

「この部屋、なにに使われてるんですかね。まるで宇宙船の中みたいだ。『２００１年宇宙の旅』みたいな」

「俺、まだその映画観たことないんだよな。原作を本で読みはしたけど」

「俺もですよ高見澤さん。古本屋で買って読んだだけです」

「おまえ、他にも本読んだりするのか?」

「なにを言ってるんですか。仲間内じゃ、俺の読書好きは有名ですよ」

　青野が読書少年だとは正気は知りもしなかった。意外だ。精神的に発達しているとはいえ、文学に青野が興味を示すとは思っていなかった。

「へえ、意外だったな。青野が本を読むなんて」

「さっきレポートのための参考文献を見せましたよね。あれくらいの量の本を平気で借りるんですから、そこから察してくださいよ。高見澤さん、あなたには洞察力がないですね」

正気は青野を人差し指で小突いた。青野は適当に死んだフリをしたあと、カバンからさっきの参考文献を取り出した。壁を背に、二人してリノリウムの床に座りこんだ。勉強をする気もなかったので、正気は青野から『麻薬・薬物依存症例』を借りてページを開いた。

カラー写真のページが続いた。逃げ惑う裸の中毒者、薬物乱用者の無残な注射痕、密売前に押収されたコカイン、シンナーを吸入してから煙草の火を体に押しつけて消す十九歳、暴力団に無理矢理覚醒剤漬けにされた中学二年生の女子……。どの写真も、軽い気持ちで見た正気の目をひきつけるものばかりだった。

時折言葉を交わしながら、正気と青野は五冊の本を回し回し、拾い読みしていった。青野はただ、レポートのために。正気はただ、好奇心のために。

「こういうのをたまに読んでみるってのも面白いな」

正気はノンフィクションものはあまり読んだことがなかったので、素直にそう思った。

「こういうのって、薬物のことですか？」

意地の悪い笑みを浮かべながら青野が言った。「バーカ」という正気の答えを無視し、青野は続けた。

「高見澤さん、覚醒剤とか欲しいと思ったりしたこと、ありませんか？」

「欲しいなんて思ったことねえよ。おまえ、ヤクの売人か？」

「ええ、そうです」

笑いながら青野は返事をした。だがその両目に、幾許かの黒い光が射しこんだのを、正気は見逃さなかった。

「おまえ、それ本当の話か？」正気は興味があるというふうにして訊いた。

「本当ですって、信じてくださいよ」悪代官と取引する商人のような演技をしながら、青野が答えた。

「あ、半信半疑ですね、高見澤さん。じゃあこれから現物を見せてあげますよ」

青野はカバンの中をあさり始めた。早過ぎる展開に正気は「冗談だろう」と笑った。だが青野の目に一瞬だけ射しこんだ黒い光が、正気の目に焼きついている。

「これですよ、これこれ」

青野はビニール袋の中から瓶を取り出し、正気に手渡した。正気は手に載せた瓶に、液体の重みを感じた。

「蓋を開けてみてくださいよ」

言われた通りに蓋を開けた。直後、シンナー類特有の刺激臭が、鼻を突いた。正気は顔をしかめた。

「ねえ、本当でしょう」

力なく正気は「ああ」と答えた。青野がなにを考えているのかわからない。途端に、青野という存在に危険を感じた。けれどもそのことを悟られないように、正気はポーカーフェイスを装った。

「本当はこれ、覚醒剤なんかじゃないんですよ。有機溶剤、早く言えばシンナーですよ。一般的なホームセンターなどにもシンナーは売ってますが、あんなのとは違います。もっと高純度のものです。なかなか手に入れにくいんですが、田舎町の古い金物屋に行けば、いくらでも手に入れられます」

薄笑いを浮かべながら青野が言った。正気も薄笑いをしながら訊いた。

「おまえ、それをだれかに売ってんのか?」

「ええ、当たり前ですよ」素っ気無く青野は言った。

「客は今のところ、十人ほどいます。主に私立の学校に通っている中学生、高校生たちです。私立の学校に通ってるってことは、育ちの良い、坊ちゃんである確率が高いってことです。特に、自称不良なんて言っている奴らなんか、すぐに飛びついてきます。数百円で仕入れてきたシンナーを俺が、『新宿の売人から仕入れた極上のクスリだ』とか嘘を言って高い値で売りつけます。連中、いくらで買うと思います? 瓶に入った三百ミリリットルシンナーを、五千円で買うんですよ。信じられないでしょう、でもこれが本当なんです。自称不良のガキどもは、背伸びしたくて仕方がないんです」

青野は言い終えるとため息をついた。客の馬鹿さ加減を憐れんでいるようだった。

「しかしあれだろう、いくら純度が高めのシンナーだからって、客が飽きてしまったりはしないのか？」

正気の質問に青野は笑顔で返した。

「そうなんです。いくらレアもののシンナーとはいえ、市販品は市販品の効果しかありません。そこでシンナーに慣れ始めた客には、今度は新しいものを提供するんです」

「新しいもの……」

「そう。新しいもの、といってもそれもシンナーです。シンナーはシンナーでも、さっきのとは純度が違います。トルエン百パーセントのシンナーです。シンナーはトルエン濃度が高ければ高いほど、快感を多く得られます。けどそんなものをどこで手に入れるのか、って思うでしょう。こちらは少々、仕入れるのに危険が伴います。月に一度、売人仲間たちと一緒に、神奈川にある塗装工場に夜中に潜入します。そして工場の外に山積みにされてあるシンナー一斗缶のうち、二、三缶を持ち出して逃げます。あとは簡単です。『資源ごみ』のごみ箱から空き瓶を拾ってきて、一斗缶から少しずつ、中身を移し替えるだけですから。それを後日、常連たちに売る。ここで問題。トルエン純度百パーセントのシンナーは、三百ミリリットル瓶一本、いくらで捌《さば》けるでしょうか？」

青野は陽気にクイズを出してきた。

「八千円かな」

「惜しいですね。正解は、一万円でした。信じられないでしょう、さっきの二倍ですよ、二倍。こんなにトルエン市場が高騰するなんて、異常ですよ。平成初期の新宿でも、ここまで値上がりしてはいなかったはずです。それもまあ、私立に行くガキどもだから、決して貧乏ではないのが理由ですね。金をふんだくろうと思えば、いくらでも親の財布からふんだくれる。甘やかされた坊やたちは、ちょっとでも刺激的なものがあるとすぐに飛びついてくるし、おまけに金を惜しまない。やっぱり、顧客の質というのは大事ですね」

そう言って青野は卑しい笑い声を上げた。正気も唇だけ動かして笑った。

「これまでは二つの商品の説明をしました。とても凄い商品だったでしょう。でもあんなもので驚いてはいけませんよ、高見澤さん。最も強力で金になる商品が、まだあるんですよ。知りたいですか?」

「知りたい」

「正解は、固形ヘロインでした。これは二ヶ月に一度、売人仲間たちと一緒に上野公園を歩いて仲買人を見つけます。仲買人は、小柄で人の良さそうな中国人です。堅気《かたぎ》なのか筋者なのかは知りません。その中国人に『チョークを売ってください』と声をかけると、中国人は笑顔で箱入りチョークを四万円で売りつけてきます」

「チョークを?」

「見た目は完全にチョークです。けれどももちろん、それはチョークなんかではなく、棒状に加工した固形ヘロインです。それを仲間で分け合い、いつものように各自の販売ルートで売りつけるのです」

「いくらで売れるんだ？」

含み笑いをして焦《じ》らせたあと、青野は答えた。

「チョーク三分の一で三万円。売っている自分でも、毎回驚きますよ。三万円ですよ、三万円。さすがに金を持っていない中学生には買えるわけもなく、買ってくのはバイトに精を出したり、カツアゲで金を巻き上げてたりしている高校生たちだけです。やはり年長者は、若い客より金持ちです。このヘロインの良いところは、一本当たりの利益だけではありません。有機溶剤などと比べて中毒性が非常に強いんです。有機溶剤なんかは、強い意志さえあれば、自力で止《や》められます。でもヘロインはそうもいきません。止めようと思っても、体が強く欲してしまいます。結果、どんなことをしてでもまた手に入れようとします。貧乏人にヘロインを売らないのはこれが理由です。金はないのにヘロインは欲しい、そういう人間からは、俺ら売人が暴力を受ける危険性があります。幻覚症状で危険になっているから、殺される可能性もあります。ですから、継続的に買えないような奴には決して売りません。おかげで俺には、こいつは金を持ってる、持ってないの判断がすぐにつくようになってしまいました」

平静を装いながらも、正気は心の中で青野に本能的な気味の悪さを感じた。彼の話は本当らしい。とても嘘だとは思えない。では一体、なんのために青野はこんな話を俺に持ち掛けてきたのか。正気は青野の出方を待った。

「高見澤さん、こんな仕事をやってて月にいくら稼いでいると思います？　大体、二十万です。二十万ですよ、二十万。サラリーマンたちの平均的な初任給と同じなんですよ。この稼業、今年から始めたんです。地元の仲間数人と。他の仲間たちは色々と稼いだ金を派手に使っているようだけど、俺は貯金してます。おかげで自分でも引いちゃうほどの金が今、銀行口座に貯まってます。勿論、親には内緒ですけどね。俺は売物に手を出したことは一回もないので、薬物について中毒症になったりはしていません。でも、すっかりこの商売自体に中毒症になってしまいました。就職するまで、こんな稼ぎの良いことは止《や》められませんよ」

青野は正気の顔を覗きこんだ。正気はそれに押されるように口を開いた。

「俺にも売人になれと言うのか？」

青野が含み笑いをしながら首を横に振った。

「ち、違いますよ、高見澤さん。ただ俺は、売物を高見澤さんに原価で売ってあげようとしただけです」

「原価で……俺に売りつけるだと」

「そんな人聞きの悪い言い方しないでくださいよ。苦労して手に入れた売物を、仕入れ値で譲ってあげるんですよ。そのあとは、高見澤さんが自ら吸うなり、売物として他人に売るなり、好きにしてください。快楽にもなるし、金にもなる。どっちに使うかは高見澤さん次第ですよ」

「どう使えって言うんだよ。俺には中毒者になる気もないし、おまえみたいに危ない橋を渡る気もない。大体、代理人も通さずに客に直販しているおまえはな、客が警察に喋ったときはお終いだぞ」

正気は笑みを浮かべながらそう言った。なんだか年下のくせに、青野のもつ力が大きく見えてきた。相手のペースにもっていかれてはならない。青野はそのカリスマ性で、中二学年の核となっている。いくら正気が年上で機転が利く者だとしても、青野ほどの人望はなかった。

正気は今初めて、目の前にいる青野の、目に見えない強大な力を感じた。その力によって、これまでに何人もの中高生たちが、中毒者としての道を歩み始めてしまったのだろう。

「そう言われたら確かに、俺の身は危ないかもしれませんね。でも住所だって教えていやしないし、電話番号だって教えていやしません。決まった日に取引場所に行くだけの関係です。だから俺の心配はしないでいいですよ。それより高見澤さん、他にもクスリの使い道、あると思うんですけどね……」

言われた正気は、その通りに考えてみた。自分で使うでもなく、売るでもないクスリの用途。

「嫌いな奴をクスリ漬け……か？」

「やっぱりそれを思いつきましたか」

的中したので正気は拍子抜けした。なんだ、青野はそんな下らないことを俺に求めていたわけか。正気は幾分か気が弛んだ。

「そうかあ、クスリ漬けにしたい奴か。例えばだれがいるかな……あ、ファンリルかな?」

「そんなパソコン中毒者をクスリ漬けにする必要なんてないでしょう、高見澤さん。もしファンリルに売物のことを喋ったら、学校にチクるに決まってますよ。他にだれかいないんですかね」

「廃人にしたいほど憎んでいて、それでいてクスリ漬けにできそうな奴か」

目まぐるしく該当者の照合が行われている正気の頭の中だったが、すぐに該当する人物を見つけた。

修作。

輝ける未来に向かって順調に人生を歩んでいる正気にとって、唯一の黒点は彼の存在だけだ。定期的に行われる学力テストだってファンリルだってなんだって、嫌いだし苦しいが、生活を豊かにするための要素だと思うことができる。それらがなくなったら、楽しみというものが対比されず、酷くつまらない人生になるだろうということはわかっていた。

だがどうしても、修作だけはその暗の要素に入れることさえ正気にはできない。明と暗の人生の座標軸の中にさえ、修作にはいてほしくなかった。座標軸の外の空間で修作には過ごしてほしい、と正気は思っていた。

だったら、座標軸の外に、自ら追い出してしまえば良いではないか。

正気の表情の変化に気付いたのか、青野がトルエンの入った瓶をカバンから出し、指でつまんで左右に振った。揺れ動く瓶の残像を目にしながら、正気は修作への恨みを思い出す。ここしばらく家から離れていたため恨み、嫌悪感は忘れていた。だが具体的な復讐方法を考えているだけで、修作への思いが次から次へと溢れ出てくる。不思議なものだ。こちらがやられているときではなく、やり返そうと思っているときに恨みが湧いてくるとは。

修作をクスリ漬けにするにはどうすれば良いだろう。正気は考えるまでもなく答えを導き出した。簡単だ、机の奥深くに、それらしく隠しておけば良いのだ。修作は必ず机あさりをしてクスリを見つけ、せっかく得た戦利品だからと吸い始めるだろう。それに背伸びをしたがる時期だし性格だしで、悪ぶった自分に酔うに決まっている。さすがに新品には手を出しにくいだろうから、中途半端に中の液体が残った瓶を常時置いておくのが良いだろう。

その結果はどうなるだろうか。数ヶ月経っていよいよ修作が末期症状を起こし始めた頃に、正気はクスリを全部処分する。そのことにより禁断症状を起こした修作は、家庭内、通学路、学校で、尋常ではない行動をとり、暴れ出すだろう。そのうちに警察に運ばれ、薬物検査を受けて病院送りに。そうしてしばらくの間、家の中から修作は消えるというわけだ。警察の取調べで修作がクスリの入手先を吐いて、家宅捜索が行われたとしても大丈夫。その頃には正気はクスリをすべて処分してしまっているし、なにしろ正気が健全で正常な少年そのものなのだ。警察が疑うはずがない。

ヤク中の弟をもった兄、という評判は社会においてマイナスにはならないだろう。馬鹿な弟をもってしまった正気に与えられるのは、憐れみ、慈悲、励ましなどの温かい目。そんなことは週刊誌等を読めば明らかだ。家族のうちのだれかがヤク中、前科者である有名人などには、いつも憐れみのゴシック文字などが与えられている。そうなのだ、前科者を抱えている家族というものは、この社会では「真面目で非運な人」として相対的に評価が上がるのだ。「悲しき弟をもった兄」として、正気は好イメージのレッテルを貼られる。正気は今すぐにでも修作にクスリを吸わせたいという衝動に駆られた。

青野は瓶の蓋を外し、鼻を近付けて手で瓶の口を扇ぎ、臭いを嗅いでいた。ソムリエの真似でもしているらしかった。

「いくらで売ってくれるんだ？」

「お、やっと買う気になりましたか」

軽く答えた青野はそのまま勘定を始めた。正気はその間、廃人になった修作の姿を想像して悦に入っていた。なにに対しても怒り、恐怖し、警察沙汰の事件を次々と引き起こす修作。ヘロインでもやらせれば、フラッシュバックに一生、苦しめられるだろう。両親には悪いが、修作の人生はもうお終いだ。だが自分が悪いわけではない、と正気は強く思う。クスリを自分の机の中に隠すだけなのだ。あさり癖がある修作が悪いのだ。あさりを趣味として悪行を行う者は、あさりによって天罰を受けねばならない。

修作、おまえには溝鼠《どぶねずみ》のような生き方がお似合いだ。

正気は朱色に染まったビル群を、窓越しに眼下に眺めた。

青野が正気の方を向いて言った。

「まず手始めとして、高純度のトルエンの瓶三百ミリリットル五本、チョーク……じゃなかった、ヘロインをチョーク三分の一で、合わせて八千円でどうですか？　初回だから安くしときますよ」

正気は落胆した。

「初回なのにそんなにするのか。もっと安くできるんじゃないのか？」

「いや、それは無理ですよ。いくらトルエンが盗品だからといって、金がかからないわけないでしょう。神奈川の田舎工場まで往復する交通費だってかかりますし、危険料も払ってもらいますよ、そりゃ。ヘロインは言うまでもなく、原価が高いですからね。第一高見澤さん、なんの苦労もしないで高見澤さんはクスリをゲットできるんですよ、金を払うだけで。この料金で売っても俺には数百円程度の利益にしかならないんですよ。こんな美味しい話、滅多にあるものじゃないと思いますけど」

卑しい商売人のような口説きとは裏腹に、正気を説得しようとする青野の口調にはどこか哀願を感じた。

「ちょっと待て、財布の中を調べるから」

正気は財布の中を見た。郵便局のＡＴＭの払い戻し明細が二枚、丸まっていた。二日前に三千円をおろしたばかりだった。財布の中身は二千六十円。もしものために定期入れに挟んである千円札を合わせても、結局三千六十円にしかならなかった。

「これじゃ駄目だな。全然金が足りねえ」

正気の投げ遣《や》りな言葉に青野が落胆した。

途端に、正気はクスリを買う気が失せた。机の中に隠したクスリに修作が手をつける保証など、どこにもないのだ。修作は背伸びをしたがるものの、自らの保身のためには人一倍力を注ぐ。クスリなどをやったら廃人になるということくらい修作も知っているはずだ。だとしたら修作がクスリに手をつける確率は極めて低いといえた。修作がクスリに興味を示さなかったときのリスクとして、八千円は痛い出費だ。それに、クスリを発見した修作が、そのことを直に警察に通報する可能性さえあった。兄に机をあさっていたことを知られるリスクより、その兄を豚箱行きにさせることのメリットのほうが勝っているため、その可能性も充分ありえた。

だが正気がクスリを買う気を失った理由は、それだけではなかった。

自分はそこまで悪辣な人間にはなれないだろう。それが正気の本心だった。正気は昔、修作が毎夜プレイしていたロールプレイングゲームのデータを深夜に、こっそりと全部消去したことがあった。その日は修作に対しての憎悪で脳髄まで覆われていた日で、修作に対して暴力以外の嫌がらせをすることでしかそれは発散できそうにもなかった。だがいざデータを消去してみると、軽い罪悪感を正気は覚えた。たとえ人生に役立たないテレビゲームとはいえ、修作が毎夜毎夜、時間をかけて築いてきたゲームのデータなのだ。それを自分は五、六秒のボタン操作ですべて消し去ってしまったのだ。正気はそのとき、後悔した。と同時に不安に思った。自分は修作に対してなにも復讐らしい復讐はできないのではないか、と。一々良心が咎める。その晩は随分と苦悩しながらベッドに横たわった。

正気は財布をポケットにしまった。今回も、あのときと同じだ。ゲームのデータを台無しにしたことに罪悪感を感じた自分が、修作の人生を台無しにすることなどできるわけがない。どうしても、良心が咎めてしまうだろう。

甘いな、と正気は自分に思い、今までのことを回想した。オーディオラックの中に罠を仕掛けたり、防犯カメラに映ったオナニービデオをリビングで上映させたりと、他にも様々な復讐を行ってきた。かなり大きなダメージを修作には与えてきたはずだが、どれも一時的なものでしかなかったと思う。さすがにクスリ漬けにして、修作に一生のダメージを与える気にはなれなかった。とどめを刺しきれなかった自分に対して正気は少し安堵した。まだ自分には、弟である修作に対する思い遣りというものが少しだが備わっているのだな、と。

まだ憎しみのほうが強い。正気が修作に対して穏やかな気分でいられるのも、単にしばらく離れて生活しているからだけかもしれない。だがそれでも良い。たとえどんな状況にあろうと、少しでも修作を思い遣る気持ちが残されていれば充分だ。いつか、そこから道は開ける。正気は、修作とよりを戻す日がいつか必ずやってくると感じた。いや、薄い意思ながらもそう願った。

「ごめんな、青野。やっぱり俺はいいや。クスリは俺なんかに安く売るよりも、高い利益で他の客に売ったほうがいいぞ。嫌いな奴に復讐するために八千円も使うなんて、急に馬鹿馬鹿しく思えてきたんだ。俺は別の方法で復讐するよ」

そう言って正気は白塗りの直方体空間を出ようとした。だが青野に止められた。残念そうな表情で青野が訊いた。

「高見澤さん、復讐したい相手って、結局だれだったんですか？　教えてくださいよ。場合によっては、クスリ代をもっと負けてあげてもいいですから」

正気は足を止め、微笑みながら口を開いた。

「弟だよ。弟の修作。さっきも地下で話しただろう。馬鹿で幼くてあさり魔でどうしようもない弟だよ。あいつの人生を滅茶苦茶にしてやりたいと思ってたんだけどな、クスリじゃ金がかかり過ぎるんだよ。だからもっと他に良い方法を探すよ」

「それって本当ですか？　本当に、修作君に復讐したいんですか？　それとも、他に……」

「弟に復讐したかった、ただそれだけだよ」

青野が愉快そうに笑った。正気もつられて笑う。正気が笑い終えたあとも、青野は笑い続けていた。クスリを売るのを諦めたことによる空笑いに思えた。

「もう一度訊きますけど、修作君を破滅させたいっていう気持ちは本当なんですよね？」

ニヤついた顔のまま青野が言った。なにがそんなにおかしいのだろう。怪訝《けげん》に思いながらも正気は答えた。

「ああ、本当だ」

「だったら俺が高見澤さんにクスリを売る必要なんて、初めからありませんでしたね」

「なにを言っているんだ？」

青野がまた小さく笑った。

「まあ正確に言えば、高見澤君にはもうクスリは売ったはずなんですけどね」

「どういうことだ？」

正気は青野からクスリなど買っていなかったし、郵送で家に送り届けられた記憶もなかった。それに青野は「高見澤君」とタメ口を使った。別に一回くらいのタメ口で怒る正気ではなかったが、青野に対して眉をひそめた。こいつは実は自分もクスリに手を出していて、とうとう頭をおかしくしちまったのか。正気のその考えを表情から察したらしく、青野が慌てて口を開いた。

「あ、ちょっと高見澤さん、そんな変な目で俺を見ないで下さいよ。まだわからないんですか、俺の言いたいことが」

言われた通りに正気は考えた。だが青野の言いたいことは依然として不明だった。

「わからん」

「しょうがないなあ。もう一回言いますよ」

青野は目を輝かせながら、言い惜しむかのように口を開いた。

「俺は、高見澤君に売ったんです。さすがにもうわかるでしょう。高見澤君、高見澤君ですよ」

自分以外で高見澤という姓のつく人物……。

正気は息を呑んだ。

そうか、もう一人の高見澤は自分のすぐ近くにいた。

だがまさか……。

「ようやく気付いたみたいですね」

正気の顔を窺いながら青野は嬉しそうに言った。

「高見澤君には、もうクスリを売っていたんですよ。あ、高見澤君じゃなかった、修作君だ」

正気は動揺したが、平静を装って青野に訊いた。

「いつどうやって修作と接触したんだ？」

笑いながら問いかけてきた正気に安心したのか、青野は以前にも増して嬉々とした顔になった。

「初めて修作君と接触したのは十月です。栄実女子の文化祭に来ていた修作君を見つけて話しかけました」

「ちょっと待て。ナンパ目的で訪れた女子校で知り合った奴が、偶然修作だったってわけか？」

青野が鼻で笑った。さっきから笑いが止まらないらしい。

「なに言ってるんですか。栄実女子に修作君がナンパしに行くって、高見澤さんが俺に言ってたんですよ」

「俺が？」

「そうですよ。高見澤さんが久々にテニス部の校庭練習に顔を出したとき、修作君のことについて俺に愚痴ってたじゃないですか。もう忘れたんですか？　そのときに高見澤さん、どうしようもないツラした弟が女子校にナンパしに行く、って馬鹿にしながら話してましたよ。だから俺も文化祭当日、栄実女子に行ったんですよ」

そういえばそんな会話を交わした。正気ははっきりと思い出した。修作と同い年だが精神的に熟している青野に、随分と修作のことを愚痴っていた。だが新たな疑問が浮かび上がる。

「一回も修作と会ったことはないのに、どうして栄実女子に来ていた腐るほどの数の男たちの中で、修作ただ一人と接触できたんだ？」

「案外と簡単なものでしたよ。まず、ナンパ目的の中高生たちは男も女も皆、ほとんどが自身の学校の制服を着てきます。それは自分が中高生であることを主張するための行為で、ナンパＯＫの証ですね。そんなことは高見澤さんも知っていると思いますけど。修作君が通っている中学のことも、以前に俺は高見澤さんから聞いていました。だから修作君の学校の制服とカバンを俺は探しました。その学校の生徒は何人かいましたが、俺はすぐに修作君だと思える人物を特定できました」

「どうしてだ？」

「修作君の容姿についても高見澤さん、あなたが触れていたからですよ。若干背が低く、ブラックホールと化しているデカイ鼻の穴、しゃくれ過ぎた顎、そして整髪料で整えたつもりの趣味の悪い髪型。一発でわかりましたよ。高見澤さんが感情的になって、過剰に表現しただけなのかと思っていたんですけど、高見澤さんの言った通りの格好をしてましたよ、修作君は。それから俺はナンパに成功していない他中学の男を装って、修作君に声をかけました。そうしたら彼はやっぱり、まだナンパに成功していないようでした。そこで俺は、二人で協力して女をナンパしようと提案し、いっしょに行動するようにしたんです。自分で言うのもなんですけど、修作君には俺がモテ男くんに見えたらしく、俺の言うことはよく聞いていましたよ。女の子をゲトるために必死だったみたいですね。文化祭が終わっても結局、二人はナンパに成功しませんでした。もちろん、俺には本気でナンパする気がなかっただけですよ。ナンパをしている最中にも、修作君の目につかないところで鼻糞をほじったりして、女に嫌われるような仕草をわざとしていたんです。俺はそれから携帯で、あるカラオケボックスに女の子三人と男を一人、呼び出しました。そのあとに修作君を連れて二人でそのカラオケボックスに入ったんです。いやあ、あのときの修作君のはしゃぎっぷりったら相当なものでしたよ」

初めて女と付き合えるかもしれないチャンスがやってきたのだ。修作はさぞかし興奮していただろう。正気の脳裏に修作と、青野の笑顔が浮かぶ。

「盛りあがって一時間くらい経った頃、俺はカバンの中から瓶を十本、取り出しました。トルエン入りの茶色い瓶です。それを見た瞬間、呼び出した四人の男女の目が血走りました。そして四人は自分の財布から千円札を数枚抜き取り、俺に渡しました。俺は金額を確認してから瓶を二本ずつ、各自に配りました。そのときの四人は砂漠の中でオアシスを見つけた遭難者のような、嬉々とした表情を浮かべていました。その光景を、修作君はポカンとしたまま見つめていました。本当に鈍い坊やでしたよ。カラオケボックスと茶色い瓶、金、この三つで大抵の人間はなにが行われているのか気付くはずなんですけどね。呼び出した四人は、全員俺の顧客でした。皆もうクスリを切らせていたみたいで、俺から瓶を渡されてすぐ、蓋を開けて匂いを嗅ぎ始めました。俺は持っていたビニール袋を四人に渡してやりました。すると四人とも、ビニール袋の中に少量のトルエンを垂らし、袋の口で自分たちの口を覆いました。そのときになってようやく、修作君にも事態が呑みこめたようでした。ここではクスリの売買が行われているのだと。それでも彼はパーティーを盛り上げるための途中経過としか思わなかったようでした。最初のうちこそ戸惑っていましたが、すぐにまた馬鹿ヅラに戻りました。俺もクスリに手をつけないわけにはいかなかったので、カバンの中からもう一本の瓶を取り出しました。そしてその中の液体をビニール袋に入れ、吸いました。勿論、俺が吸ったものだけはトルエンではなく、ただの水でした。売物に手を出すほど馬鹿じゃありませんからね」

　手持ち無沙汰なのか、話しながらも青野は意味もなく瓶の蓋を開け閉めして、やがて正気に渡した。正気も蓋を開けてみる。強烈な刺激臭が鼻を刺した。

「六人中、五人がクスリに手を出した。修作君も焦ったみたいでした。自分だけ吸わないとなれば、仲間外れにされる、と。せっかくの女を手にするチャンスですからね、彼もすぐに俺にクスリを売ってくれと頼んできましたよ。快く俺が売ってやると、修作君はすぐに吸い始めました。でも最初は不快感を露わにしていました。それを見た別の男が、上手なトルエンの吸い方を修作君にレクチャーしてやりました。トルエンは、吸い方によって気持ち良さが増減するんです。ですからちょっとしたコツさえ覚えれば、初心者でも昇天できるというわけです。ものの二十分で、すっかり修作君はラリっちゃいましたよ。俺一人を除いて、全員が狂人と化していました。もういいだろうと思った俺はトルエンを吸う演技を止《や》め、ジュースを黙々と飲んでいました」

　それからどうなったか知りたい？　青野の目はそう言っていた。正気は微笑しながら頷いた。

「その日はそれでお終いにしました。けれども修作君をリピーターにする必要がありました。その場限りのノリだけでクスリを止められちゃ商売になりませんからね。その後も週に数回のペースでメンバーでパーティーを開き、徐々に修作君を、トルエン吸引が習慣になるようにさせました。彼も早く仲間にとけこみたかったのでしょう、早く昇天するための方法を家で練習してきたみたいでした。回を重ねて修作君が慣れてくるにつれ、どんどん純度の高いトルエンを渡していきました。そして彼が女目当てではなくトルエン目当てでパーティーに来るようになってから、パーティーは止めて修作君に個人販売を行うようにしました。隔週の月曜日、決めた待ち合わせ場所に集合します。修作君は俺の電話番号も住所も知らないし、下の名前しか知らされていません。二週間もすればクスリは切れるので、客はちゃんと、待ち合わせ場所に時間通りに来ます。俺に連絡はとれないんですからね、連中は必死になります」

青野は目ヤニをほじくってから先を続けた。

「修作君にヘロインを売り始めたのはつい最近からです。さすがにヘロインの高値にはビビっていたようですが、迷わずに彼は買っていきました。ヘロインでさらに頭がイカレて金銭感覚がおかしくなったらしく、それからはトルエンなんかには手を出さず、ヘロインを大量に買うようになりましたよ。どこから金を調達しているのかは訊きませんでしたけど。クラスメイトの財布でも盗んだりしてたんじゃないですかね」

正気の頭の中で断片的だった糸が繋がった。机の中に隠していた万札二枚、五百円玉か。

貯金箱が消えていた事実。そこまでして修作が金を欲していた理由。やっとわかった。青野からクスリを買うためのまとまった金が必要だったのだ。正気から盗んだ金はざっと十万に上るはずだ。その金を使って、修作は己の体にクスリを染みこませていったのか。

オーディオラックが、部屋中が滅茶苦茶にされていたことの説明もつく。有機溶剤によって脳を溶かされた修作は正常な判断力というものを失い、目的のためなら手段を選ばぬようになってしまったのだろう。兄に部屋をあさったということを知られてもいいから金が欲しい。いや、その前に兄が気に食わない。気に食わない奴の持ちものはすべて破壊してしまえ。

ここ最近でエスカレートした修作の異常行動。その理由が正気にはやっとわかった。

「あと半年も続ければ、修作君も真性中毒者となり、廃人になりますよ。どうですか。満足したでしょう、高見澤さん。修作君を恨みに恨んでいるあなたは、俺に感謝してくれても良いぐらいだ」

笑みを絶やさないようにしながら正気は訊いた。その手は瓶を弄《もてあそ》んでいる。

「なあ青野、一つだけ質問があるんだ。どうして修作を狙ったんだ？　馬鹿そうで少し金を持ってそうな甘ちゃんだったら、だれでも良かったんだろう？　どうしてよりによってわざわざ修作を？」

笑みを崩した青野は幾分か神妙な面持ちになった。どう話そうか考えているようだった。

「修作君のことで高見澤さんが悩んでいたから、俺は力になりたかったんです。力になるって言っても、客として修作君を選んだだけのことですが」

正気は驚いた。自分がこぼした修作についての愚痴が、青野を修作のもとへと衝《つ》き動かしたということなのか。まさかこのようなことになるとは、正気は夢にも思っていなかった。

だが青野の顔はすぐ、卑屈な商売人の顔に戻った。

「いやあ、それにしても修作君には稼がせてもらいましたよ。トルエン瓶二十本とヘロインチョークを四本。利益は……グフフ、引いちゃうかもしれないから高見澤さんには教えられません」

金儲けができたことが嬉しくて仕方がない様子だ。正気は愛想笑いをする。

「でもまあ、これで三人とも幸せになったわけですね。修作君はクスリによる快感を得た。俺は莫大な利益を得た。そして高見澤さんは、憎くて憎くて仕方がない弟を破滅させることができた」

青野は声高に笑った。正気の顔からはもはや愛想笑いも消えた。

「あ、なんかもう済んだことのように言いましたけど、まだ止めませんよ。修作君にはこれまで通りにクスリを売りつけます。それもトルエンじゃなく、中毒性の高いヘロインを。搾り取れるだけ搾り取って、あとは廃人にでもなればいいんです、修作君は。あんな単細胞野郎は生きていたって仕方ありませんからね。廃人になったらなったで、俺はまた別の客を探すだけですよ。それに……」

「それに？」

青野が一瞬、冷笑した。

「高見澤正気さん、あなたもクスリは必要なんじゃないんですか？」

正気はこめかみをヒクつかせた。

「どういう……意味だ」

「だっていつも、自分より下の立場である修作君の言動に、必要以上に注意を払うじゃないですか。そんな神経過敏のままで日々を過ごすぐらいだったら、クスリに逃げて楽になっちゃったほうが良いですよ」

正気は弄んでいた瓶を床に叩きつけた。白いリノリウムの床の上に、ガラスの破片とトルエンが飛び散る。目を丸くしている青野の襟首を、正気は摑みかけた。だが、思いとどまり、行き場を失った手が不安定に空《くう》を泳いだ。

「い……、異常になっちまったのは修作だけじゃねえ。おまえもだ、青野」

意識して低音のドスを利かせた正気の言葉に、青野は意外そうな目をした。軽く動揺したようだが、すぐに落ち着きを取り戻した表情になった。

「なにムキになってるんだよ、高見澤さん。イタイところを突かれたから暴力を振るおうとするなんて、自らの美学に反するんじゃないんですか？　あんたはもっと冷静なんでしょう?」

青野は値踏みするような視線を正気に向けてきた。正気は己の軽率な行動を恥じると同時に、そこに鋭い観察眼を向けてきた青野に、僅かながらも恐怖を感じた。自分はやはり、とんでもない奴を相手にしているのではないだろうか。

「高見澤さん、あなたが俺に頼んだようなものじゃないですか。修作君をどうにかしてくれと。俺は仕方なく手間暇かけて修作君を完璧な中毒者に仕立て上げてやったんですよ。感想はどうです、高見澤さん。修作君が希望通りの廃人になったことを、嬉しく思ってるんでしょう?」

淡々と言った青野が、正気の目をそっと覗いた。やがて、静かに笑った。

正気は慎重に口を開いた。

「俺はおまえに、そんなことを頼んだ覚えはない」

「なにを言ってるんですか、今更。あなたは弟がクスリで破滅してくれて、喜んでるんでしょう?」

「俺はそんなことを……望んでいやしなかった」

青野が、ウンザリしたような表情をした。

「だから何度も、自分を見つめ直せってアドバイスしてきたのに」

正気は顔を歪めた。

「カウンセリングを紹介してあげたのに、効果はなかったみたいですね。高見澤さん、あんた、本当はクスリに頼るしか選択肢はないんじゃないですか？　年下である修作君が少しでも自分の意に反する行動をとれば、あんたは力でそれを捻じ伏せようとする。今にも崩れ落ちてしまいそうな年長者としての弱々しい威厳を維持し続けることに、あんたはもう疲れてるんでしょう？」

　正気の内部に激情が渦巻いた。その激情が、怒りだけではないのは確かだった。
正気は青野の一言一言が、段々と自分の心を不安定に揺さ振ってくるのを感じた。
激情に従って行動してしまえば、青野の思うつぼにはまってしまう。そんな気がする。
正気は、冷静に言葉を選んだ。

「俺はクスリに逃げようなどと思ってはいないし、第一、崩れ落ちそうな威厳にすがっているわけでもない。おまえがそんな馬鹿なことを考えつくのは、クスリに関わってしまったからだ。金輪際、馬鹿な中高生たちにクスリを売りつけるのは止《や》めろ。クスリに関わった奴は皆、滅んでゆくんだ。客たちだけじゃない、おまえもだ、青野」

「急に優等生ぶらないでくださいよ。白々しい。今だってまだ、修作君のことを憎んでるんでしょう」

「修作は……俺が、助ける」

　それだけ言うと正気は白塗りの直方体空間から出ようと、出口に向かって歩き出した。窓の外は既に朱色の輝きを失い、暗闇に包まれようとしている。ここを出るのも潮時のようだ。早く帰って、手遅れにならないうちに修作をクスリ地獄から救わなければならない。どうして自分はトルエンの匂いにも気付かなかったのかと、今更になって後悔した。

「待ってください、高見澤さん！」

正気が部屋から出る寸前、青野の声が聞こえた。不敵な表情で、正気の方を向いている。

「逃げないでくださいよ、高見澤さん。教えてあげたいことが、まだあるんですから。俺には修作君の気持ちがよくわかるんですよ。修作君が抱いていたあんたへの思い、それがなんだかわかりますか、高見澤さん？」

「……わからん」

「粘着質なあんたの性格が、しつこさが怖かったんですよ。自らの威厳、万能感を少しでも揺るがそうとする人間が現れると、あんたは決まって潰そうとしてきた。たとえそれが、どんな弱者であってもだ。けれどもそれ以外の人間には、至って温厚そうに振舞う。自分には、他人を思い遣る心がちゃんと備わっている、みたいに。あんたは皆から、普通でまともな人間として認識されているつもりらしい。弟である修作君は、だれも気付いてくれないあんたのしつこさに、いつも怯えていたんだよ」

そこで一旦、青野は右目の目ヤニをほじくった。

「トルエンに慣れて意識を解放させやすくなった頃から、修作君はラリる度に言っていましたよ。兄貴が怖い、って。彼にとってはさぞかし理解不能だったでしょうね、三歳年上の兄貴が執拗に自分を堕とそうとしてくることが。傍《はた》から見てても可哀想でした。気持ち良くラリっている最中に急に怯えだし、兄貴にやられる、正気にやられる、と叫び出すんですからね。高見澤さん、あんたが昔修作君になにをしていたのか知らないが、どうせ兄弟間でしか通用しないような一方的な暴力を、弟である修作君に加えてきたんでしょう。あんたが苦しい思いをしてまで武道で体を鍛えてきた理由にも、説明がつきますよ。それもすべて、自分との力の差を修作君に誇示するため。急に成長してきた弟と自分との体格差がどんどん縮まっている現状に、焦りを感じてたんでしょう？　自分の威厳を崩しそうな危険因子を排除する手段の一つとして、あんたは空手を習ったんでしょう？　修作君も修作君で、頭が悪過ぎる。弟に見下されるのを怖がっているだけの兄の小ささを、見抜けなかったんですからね」

正気は思いもよらなかった青野の言葉に、ただただたじろいでいた。だがそれを青野に悟られないように努めた。

「その様子だとまだ反省しきれていないようですね、高見澤さん。ヒーリンググルームで自分という人間を見つめ直してこなかったんですか？　あんたら兄弟はそっくりなんだよ、自分に対して盲目過ぎるんだよ」

青野は正気の目を見ながら、からかうように微笑した。

「あんたは自分で自分のことを、さらには他人のことまで客観視している気なんでしょうけど、それは全部、勘違いですよ？　あなたの中での客観性の基準は、いつも修作君でしかない。結局、弟の目から自分がどう見えているか、そのことばかり気にしてきたんじゃないですか。自分の見ている狭い世界の正常さを証明させるために、あんたは客観的観察眼が自分に備わっていると思い込みたいだけなんですよ。実際には、本質的なものはなにも見えていない。ああ、まだ自分を疑っちゃいないようだ。神が差し出したチャンスを、あんたはそうやってことごとく振り払ってきた」

「黙れクズ野郎、殺されてえのか！」

目を剝いた正気の一喝に青野は一瞬だけ怯んだものの、再び口を開いた。

「じゃあんたは、そうやっていつまでも修作君だけを意識していればいいんですよ。過酷な外に目を向けないで、年下の弟だけを下に見る生活。さぞかし居心地は良いんでしょうね？」

「なにがあっても……なにが待ち構えていようと、俺は弟を守る」

正気は青野を無視して部屋を出ると、十八階の空き教室から自分の荷物を摑み、リュックサックを背負った。そのままエレベーターに乗った。

正気の他にだれも乗っていないエレベーターは、十八階から一階を目指して下降した。ガラス越しに地面が眼下に迫ってくる。

修作はまんまと、青野のような異常者の毒牙に掛かってしまった。奴の異常さを知っているのは、奴より優れた客観的観察眼をもった自分だけだ。なんとしても、自分一人だけでも、その異常者から修作を救ってやらなければならない。

今まで自分は、家から離れることで修作から逃げてきた。だがこれからは、修作と正面から向き合わなければならない。果たして自分はそれに耐え抜くことができるだろうか。それは避け続けてきた試練、あるいは天罰のように思えた。

減速したエレベーターは、静かに一階で止まった。ドアが開き、正気の視界には玄関ホールが、超高層校舎の出口が見えた。正気は足を踏み出した。

浮遊感がある。黒い蝶がさっきから視界の外に消えない。修作は今度こそと思って素早く手を伸ばす。やはりまた逃げられた。黒い蝶を捕まえることはどうしてもできない。修作は捕まえることを諦めた。

一瞬の隙をついて、朦朧とした修作の頭の中に冷静な意識が通り過ぎていった。

黒い蝶などこの部屋には存在しない。幻覚だ。

だがすぐにそんなことはどうでもよくなった。思い出せば黒い蝶は、一週間ほど前から見えるようになっていた。いつも見えるわけではない。ヘロインをスニッフィングして昇天したときだけだ。

修作は粉にしたヘロインを、鼻腔から勢い良く吸い込んだ。粘膜に染み込む化学物質。そして瞬時に、それは脳を刺激する。やわらかでいて刺激的な、二面性をもった快感物質で修作の脳は満たされた。

窓の外にシャボン玉が見えた。修作はゆっくりと立ち上がり、窓に近付いた。下の庭のバラの植えこみから、大小様々な大きさのシャボン玉が、天に向かって噴き出している。

「きれーい」

うっとりとしながら修作は呟いた。辺りはもう暗いのに、修作の部屋の明かりを反射したらしいシャボン玉は、虹色に光っていた。

「俺もシャボン玉……うひぇー」修作は窓を開けて、シャボン玉に手を伸ばした。なかなか手が届かない。また眼下に視線を向けると、バラの植えこみからはさっきよりも多くのシャボン玉が発生していた。

嬉しくなった修作は小刻みに跳ねた。シャボン玉、シャボン玉、シャボン玉。

修作の数メートル先で、黒い蝶とシャボン玉がぶつかった。次の瞬間、そこに強烈な光が発せられた。

「まぶしい！」声に出した修作は腕を引っ込め、部屋の中でゴロゴロと転がった。だがすぐに立ち上がると窓の外の暗闇に手を伸ばし、大きいシャボン玉を掴もうと必死になった。

数分間、両手をフラフラとさせていると、大きいシャボン玉が、修作に近付いてきた。

「はやくはやく」緊張しながらも修作はフラフラさせていた手をじっとさせ、シャボン玉と接触するのを待った。あと五十センチ、四十センチ、十五センチ、七センチ、三センチ、五ミリ……。

「うぎゃぽ！」激しい冷たさを右手に感じた修作は叫び声を発し、後ろ向きに床に倒れた。シャボン玉に触れた途端、凍るように右手が冷たくなった。冷た過ぎて、熱さなのか冷たさなのか判断できないくらいだった。恐る恐る、右手に目をやる。

修作は跳び上がった。右手が凍り始めている。冷気を発した右手は、辺りの空気を冷やし始めた。その寒さは修作の全身にも伝わってきた。このままでは全身も凍ってしまいそうだ。修作はガタガタと震えた。

左手を高く振り上げ、床に置いたままの右手を強く叩いた。なにかが割れるような鈍い音がした。修作はまたもや目を剝いた。

右手がひび割れていた。中指の付け根から親指の付け根までに大きな亀裂が入っていた。血も凍っているようで、亀裂の奥に赤黒い固体が見え隠れする。

急いで机の中を引っ搔き回し、修作はトルエン瓶を取り出した。蓋を開け、中のトルエンを亀裂部分にひっかけた。

「くっつくんだろう、くっついてくれよ！　くっつかなかったらテメーぱっころすからな！」

空になった瓶に向かって叫ぶと、それを机の中に投げ入れた。修作が見守っていると、右手の亀裂は段々と繫がってゆき、ひび割れは完全になくなった。やがて凍結も治まり、元のままの右手になった。修作は胸をなでおろした。なんだ、トルエンはなかなか効くじゃないか。リュウへイからはもっと多くのトルエンを買うことにしよう。最近はヘロインばかり使い過ぎていた。「ごめんねー、トルちゃん」修作はトルエンに謝った。右手が完治したと思ったら、今度は左手のひらが痒《かゆ》くなってきた。修作はニヤけたまま左手のひらを掲げた。

「とんまぱっちゃ！」

修作は驚愕した。慌てて目を逸らす。そして恐る恐る、再び手のひらに目を戻す。手のひらの真ん中からミミズが二匹、飛び出していた。怯えながらもよく見てみると、ミミズは二匹ではなかった。一本の体に、二本の首がついていた。グロテスクの極致だ。双頭のミミズ。修作は左手のひらを下にして、床にそのまま叩きつけた。化け物は死んだか？　修作は素早く手のひらを返した。ミミズは消えていた。修作は手のひらに顔を三センチの距離まで近付け、ほかに異変がないかをチェックした。

開けっ放しのままの窓の向こうから人の声がした。修作は浮き足で窓に近寄った。声の主はだれかな。

庭を挟んだ向かいの家のおばさんが、修作のことを見ていた。勝手口から出てきたところらしかった。

「修作君、なにかあったの？　御家族がなんか怪我でもしたのぉ？　なんにもないんだったらそれでいいんだけど……」割烹着を着ながらおばさんが修作に言った。心配そうな表情をしている。修作は激しい怒りに震えた。

「邪魔すんじゃねえーよこのクズババァ！　テメーコロスコロスコロス、ブッコロス！」

叫んでから修作はまだプルタブを開けていないコカ・コーラの缶を、おばさん目がけて力強く投げた。惜しくも缶はおばさんからあと少しのところで外れ、エアコンの室外機に命中して甲高い音を立てた。二発目を投げようとしたときには、おばさんの姿はもうなかった。勝手口の鍵を閉める音だけが残った。

クソッタレ。ババァに邪魔された。気分を害した修作はビニール袋にむしゃぶりつき、深呼吸を何回もした。気持ちいい。信じられないほどの快感だ。修作はパジャマのズボンをパンツごとずり下ろし、股間の棒を右手でつまんだ。その手を激しく上下させる。

「うわいや、ダメだってば、ああーあーうーいーえーあおけかぽ、ちまらんけったいや、きもちー、あう、しんじゃうしんじゃう、きゃー！」

ものの三十秒で射精してしまった。快感の大波に、修作は身を震わせていた。目はギュルギュルと回転し、体に重力を感じられない状態になっていた。それでもなぜか、ティッシュだけは冷静に棒を覆って精液を吸収していた。ヨダレを垂らしたまま、ティッシュをごみ箱に捨てた。

すると白い壁から突然、なにかが浮かび上がってきた。修作はあとずさった。まただ。またあいつがやって来た。修作は反対側の壁を背にして身を震わせた。壁から這い出てきたあいつが、ターミネーターT－1000のように徐々に形を整えていった。

小太りした体型にダボダボの短パン。ライオンズの古い帽子の下では、冷酷な目が修作に笑いかけていた。ガキのくせに、今の修作と大差ない身長だ。威圧感に修作は押し潰されそうになった。

現れたのは、小学校高学年の頃の兄だった。クスリを使う度にかなりの頻度で現れ、修作を恐怖に陥れる。

「来るなぁ！　やめてくれ、ちかよらないでくれ、正気、たのむ、くるんじゃねえよ！」

修作の訴えもむなしく、小太りの正気は嘲笑《あざわら》いながら修作に歩み寄ってきた。たまらずに修作は渾身の力をこめて正気の顔を殴りつけた。だが繰り出した右手はむなしく空を切り、修作の体のバランスを崩した。危ういところで転ばずに済んだ修作はすかさず防御の姿勢をとった。すぐに重い蹴りが背中にとんできた。修作は呻いた。小学生である兄は、ケラケラと笑いながら修作に次々と蹴りを、突きを繰り出した。一瞬盗み見た兄の表情は、笑いながらも目だけは異様な冷たさを宿していた。やがて修作への攻撃は止んだ。今日はこれくらいで止めてくれるのだろうか。

そのとき、部屋のドアが開く音がした。修作は顔を上げた。小学生の兄が、ドアの方を見て笑い出した。修作もその視線を追った。

学生服。服越しにもわかる、無駄のない引き締まった筋肉質の体。百八十センチはあるその男は、なぜか息を切らせている。

「ウソだウソだウソだ！」

修作は激しく頭を振った。目を閉じた。なんでだ、どうしてまた増えたんだ。何故に高校二年の、現在の兄までここに現れたのだ！　修作は奇声を発した。

落ち着け、落ち着け。これはただの悪夢だ。ヘロインの幻覚症状に過ぎない。目を開ければきっと二人とも消えているはずだ。そうに違いない。

恐怖に呑まれそうになりながらも、修作はゆっくりと目を開けた。


黄色く濁った眼球。ただれた口。フケだらけの髪。クシャクシャのパジャマに付着した得体の知れない粘液。そして、恐怖に激しく襲われているらしい凄みのある表情。変わり果てた修作の姿に、正気はその場に立ち尽くした。

超高層校舎から帰って来た正気は自転車を玄関先に置くなり、頭上から叫び声を聞いた。正気は音を立てないように家の鍵を開け中に入り、足音を忍ばせながら階段を上った。その間、絶えず二階からは不明瞭な叫び声が聞こえてきた。

修作の部屋の前まで来た正気は、しばらく中の様子に耳を澄ませていた。だれか修作以外にもいるのだろうか。修作はそのだれかに対してひどく怯えているように聞こえた。クスリ仲間か？　そう思って正気は勢い良くドアを開けた。

修作はまだ、正気に対し驚愕の表情を送っている。一方の正気も、予想以上の修作の変わりように驚愕していた。

シンナーの強烈な臭いが正気の鼻を刺す。窓が全開になっているのにも拘わらず、部屋中がトルエン、あるいはヘロインの臭いで充満しているようだった。窓からは冬の冷気が流れ込んでくる。それでも修作の恐怖の表情は、どことなく弛緩している。正気は一瞬、身を震わせた。

「うそだうそだうそだ！」修作が叫んだ。正気が今まで聞いたこともないような粘ついた声で。

なにが嘘なのだ？

「オマエも幻覚だろう？　小学生のオマエみたいにすぐ消えるんだろう！　早く消えろよ、なんで消えねーんだよ！　あっちのほうはさっき消えたのになんでオマエはここにいるんだよ、クソ、クソ、これは新しい幻覚に決まっている。早く消えろ、早く消えろ、早く消えろ、新しい幻覚……」

小学生のオマエ？　新しい幻覚？

正気には修作が言っていることの意味がこれっぽっちも理解できなかった。だが必死で考えてみた。

幻覚、という言葉からして、どうやら修作は目の前にいる兄のことを幻覚だと思っているらしい。正気は天を仰いだ。ここまで薬物が修作の脳を侵食していようとは思っていなかった。どうしてもっと早く家に帰り、気付いてやれなかったのだ。正気は、自分が超高層校舎に逃げ込んでいたことを激しく後悔した。

正気はその場に立ったまま、初めて口を開いた。

「なにをしていたんだ、修作」

言いながら正気は妙なむず痒さを感じた。本人の前で修作、と名前を呼んだのはいつが最後だったか。大袈裟じゃなく、それはもう半年以上も前だったような気がする。

修作は黙ったまま正気を睨みつけていた。落ち着きを取り戻してきたらしい修作は、よけいに顔を弛緩させながら正気の様子を窺っていた。

「げんかくかじつかくかぽわるところすじぇい」

正気はおぞましくなった。なんなのだ、この修作の呂律のまわらない幼児語は？　さっきまで「幻覚、幻覚！」と、比較的はっきりと訴えかけてきていたのに。正気の苦悩を無視するかのように、その後も修作はブツブツと一人で呟いていた。時折、思い出したかのように普通の言語で喋った。どうやら朦朧とした意識の中にも一瞬だけ、線のように細い冷静な意識が現れるらしい。

「おまえが今そういう変な状態なのは、ヘロインを吸ってラリっちゃってるからだろう？　なあ、そうなんだろう、修作？」

正気は修作の冷静な意識に向かって呼びかけた。聞こえているのか聞こえていないのか、修作の目は左右バラバラに空を見ていた。

怯える、睨む、放心状態。めまぐるしく修作の心理は変化している。この異様な状態も、ラリっている今だけのものだろう。正気は無理に自分をそう納得させ、心を落ち着かせようとした。

トルエンが、ヘロインが、薬物が、修作をこんな状態にしてしまった。正気は修作から目を逸らし、横に鎮座している机に体を向けた。

修作が、小学校に入学したときに買ってもらった、今年で八年目の学習机。黒鉛で汚れた透明のビニールマットの下には時間割表、野球選手の下敷き、プリクラ、キャラクターロボットのシール、おそらくテレビゲームらしきもののパスワード、破れた紙切れ……様々なものが敷かれていた。机正面の棚にはマンガ本、鎖で作ったオリジナルアクセサリー、たまごっち、ゲームボーイアドバンス、ギャッツビーのヘアワックス、鉛筆でボロボロにされた消しゴム数個、一昨年の卓上カレンダー等々が、乱雑に置かれている。いつも寝る前に正気はここを通ってからベッドに潜りこむが、素通りしてしまうため、こんなにじっくりと修作の机を観察したことはなかった。

右横の棚を見れば、『存在と時間』、『大陸合理論とイギリス経験論における考察』、『資本論』、『日本の論点九九』、『東大合格超超超難関英語実践問題集』、『数学ハイスタンダードX』、『漱石研究大全』……。使いもしない難解な書物を並べることによって、修作は己の偽りの学力を誇示していた。そうかと思えば難解な書物の隙間に、ゲームの攻略本や『テレビガイド』、『やさしい数学I』などが見え隠れしている。正気は修作に目をやった。

「ジロジロ見るんじゃねえ、このヘンタ！」

修作が突如叫んだ。ヘンタ……変態と言いたいらしかった。正気が机を眺め回していたことに対して言ったのか、修作本人を見ていることに対して言ったのか、正気には判断がつかなかった。今まで壁を背にへたり込んでいた修作が、立ち上がる気配を見せた。

正気は戸惑っていたが、思いきって三段あるうちの、一段目の机の引出しを開けた。中に目を凝らす。腐るほどの数のシャープペンシル、木工用ボンド、幾つもの切りかけの木片、木粉、ペンダント、ゲームショップの割引券、ヤクルトの空の容器、丸めたセロハンテープ、エアーガン、BB弾、ティッシュ……統一性のない品々で埋められている。正気は、遥か昔にあさったときと机の中の状況があまり変わっていないような気がして驚いた。修作に進歩というものがなかったのか、それとも机の中の整理に関心を示さなかっただけか。

「テメー、なに人の机の中ひっかきまわしてんだ、っざけんじゃねえ、ぶっ殺す！」

怒りに身を……怒りだけではないが、身を震わせた修作が床を蹴った。前傾姿勢でそのまま正気に体当たりを食らわせようとした。

正気は一瞬迷った。だが慣れた動作で左斜め前に踏み出し、右手で修作の胸ぐら、左手で修作の右腕を摑み、己の右足を後ろから修作の右足にかけ、前方に押し倒した。綺麗な大外刈りが決まった。修作の右腕を摑んだままにしたため、修作は受身を取れずとも後頭部を打ちつけてはいなかった。正気はそのまま修作を壁に押しやってから、二段式引出しベッドの下段のベッド……修作のベッドを、上段のベッドの下から引きずり出した。

正気は暴れている修作を抑えこみ、五十センチほど抱え上げてから下段のベッドに放った。そしてすぐに、ベッドを元の位置にしまった。収納時の下段のベッドと上段のベッドの隙間は、わずか五十センチ。閉所恐怖症でもないはずの修作は、取り乱しながら喚いている。正気は再び修作の机の前で立膝をついた。

下段の引出しを元に戻し、正気は上段の引出しを開けた。なにかの雑誌からちぎり取られた〝歌姫〟が写っているお菓子の広告。修作はこのキイキイ声の歌姫のCDを、欠かさずに買っていた。まさかビジュアル的にも修作の好みだったとは。正気はその広告を払いのけた。広告の下は、正気には理解できないもので溢れかえっていた。正気でも知っている有名なアニメのキャラクターが、なぜか揃いも揃って乱交をしているのが表紙のマンガ本。よく見ると絵が少し雑で、なによりも本の体裁が正規のルートを通っていないことをありありと表していた。この本がなにか、正気はおおよその答えを導き出した。

同人誌。エロ本の裏表紙などでもたまにそういった広告は見かけるし、正気の学校のオタク連中たちも買っているらしかった。既成のアニメやゲームのキャラクターを使い、アンダーグラウンドで勝手にエロマンガやビデオを作ってしまう、オタクたちが作った本、同人誌。正気は実物を初めて見た。正気はこういうアニメ関係のエロ作品には丸っきり興味がないためよくわからないが、おそらく違法である同人誌を手に入れるためには、それなりの秘密のルートを介してじゃないと入手できないに違いない。修作にこんなものを買う行動力があったとは。トルエン、ヘロイン、同人誌。無修整アダルトビデオを所持している正気が言えることではないが、修作のアンダーグラウンドへの首の突っ込みようには、ただただ驚くばかりだった。

正気は同人誌数冊を机の上に載せ、他も探った。需要のないコンドーム、イケてる髪型カタログ、丸まったティッシュ、ハイチュウ、エンジェルナントカと印刷されているCD-ROM、同時対戦用コネクター、電池、ガチャガチャの人形、ナントカ戦記外伝『蒼の砦完全ガイドブック』。正気は確認し終えると二段目の引出しを閉めた。修作は相変わらず不明瞭な言葉で正気を罵っていた。

最後の三段目。最下段の引出しは一、二段目と比べて底が深く、収納できる量が多い。正気は取っ手に手を掛け、重い三段目の引出しを引っ張った。

正気は息を呑んだ。やはり目の前に、例の品々が存在していた。

茶色の瓶が十数本、黄金色に光る蓋を正気に向けていた。だが一本の瓶は粉々に割れており、引出しの木目にトルエンの染みをつくっていた。揮発性が高いはずのトルエンが、まだ机の中で液体として散らばっている。修作が瓶を割ったのは、正気が帰って来る数分前だったと推測できた。それだけ、今日は一段と荒れているということなのだろうか。正気を取り巻く刺激臭が、一層強くなった。

整列した瓶の隣のスペースには、プラスチックの青い箱と透明のビニール袋が置いてあった。正気は迷わず、それを手に取った。中から白い塊を取り出した。

白いチョーク。正気にはそうとしか見えない。だがこれが、青野の言っていたヘロインというものなのだろう。このヘロインが加速度的に修作の脳を、正常な人格を、今も破壊し続けているのだ。

断たなければならない。正気は三本のチョーク型ヘロインを右手に握り、高く振り上げた。

「ヤメロー！　うわ、かえせ、なにすんだー！」

修作の絶叫を無視し、正気はヘロインを引出しの中に強く叩きつけた。ヘロインは引出しの中で粉々に砕け散り、うっすらと粉埃をつくった。だが砕いただけでは無意味だ。正気は中身の残っているトルエンの瓶をすべて両手に摑み、ヘロインと同じように引出しの中に叩きつけた。瓶が割れる甲高い音が鳴り響き、数滴のトルエンが正気の顔に跳ね返った。修作が激しくベッドを蹴りつけている。引出しの底一面に薄い水溜りを形成したトルエンが次々と、砕け散ったヘロインを吸収していった。分子間力が弱いぶん、トルエンは面白いほどにヘロインを呑みこんでゆく。やがて引出しの底の隙間から、少しずつトルエンが漏れてきた。床に拡がったトルエンが乾いてしまえば、うっすらとヘロインが残るだけだ。床に落ちた埃、繊維、体毛などとごちゃ混ぜになったヘロインは、おそらく使い物にはならないだろう。

正気は深くため息をついた。背後から止《や》むことなく聞こえてくる、修作の叫び声。

兄弟が、姉妹が、親子が互いの机の中をあさるなど、どこの家でも日常茶飯事に起こっていることではないか。自分はそんなことに、なにを深刻ぶった顔をしていたのだ。もっと前から、修作の机の中を勝手にあさっていればよかった。つまらない意地など張っていないで、修作にあさられたように、自分もあさり返せばよかったのだ。正気は深く後悔していた。正気は息を荒げながら、残る青いプラスチックの箱を開けた。

数秒前までの正気の考えは凍りついた。

薄いプラスチックケースと、上部に醜い穴の開いた四角いアルミ缶。アルミ缶の中には五百円硬貨が数枚入っていた。

間違いない。四角い缶は、正気が少しずつ貯めていた五百円玉貯金箱だった。オーディオラックを破壊して盗み出したこの貯金箱を、修作はすぐに開けたらしい。先の尖ったハンマーかなにかで何度も叩きつけたのだろう、アルミ缶の上部に醜く開いた口は、歪んだアルミで幾つもの牙を形成していた。うっかりと手で触れてしまえば、たちまち皮膚を裂いてしまうだろう。事実、修作のものらしい数ミリの血痕が付着していた。

缶の中に数枚の五百円玉を残しただけで、残りの十万円近くはトルエンやヘロインとなり、正気の足下の床を濡らしていた。薄いプラスチックケースを開けてみると、そこには行方不明になっていた正気のアダルトＤＶＤが数枚、挟まれていた。正気はこれらを一年以上前から、血眼になって探していた。もし家のリビングなどで親に発見されたら具合が悪い。そう思って正気は探し続けていた。だがいつしか、自分が友達に貸したのだろうと納得し、それらの存在を忘れていた。だが事実は違った。ＤＶＤは、修作が所持していた。正気が失くしたと思っていた他の品々も、この部屋の至るところに修作が隠していると推測して良い。

そのとき、正気の心臓が瞬間的に萎縮した。線のような冷たさを感じる。息を整えるように正気は深く空気を吐いた。ゆっくりと呼吸をしても、細かった黒冷水の流れは徐々に太さを増してゆき、心臓のポンプ運動に合わせて全身に広がり始めた。正気は思わず胸に手を当てた。黒冷水によって急激に冷やされた心臓は、今にも割れてしまいそうだった。体中に黒冷水が広がるのと比例し、正気の意識の中では修作への憎しみが氷のように固まっていった。

次の瞬間、正気の目の前の壁でなにかが砕け散った。直立していた正気に避ける暇はなかったが、運良く破片は体に跳ね返ってはこなかった。砕け散った陶器の破片に目をやると、それが元は花瓶だったとすぐにわかった。正気は後ろを振り返った。

凄味のある形相を浮かべた修作が、窓の外の暗闇をバックにして立っていた。壁を蹴って自力でベッドから這い出てきたらしい。

「殺す……ぶっころしてやる！」

叫んだ修作が、枕元に突っ込んでいた右手を正面に突き出した。その右手は、なぜか蛍光灯の光を鋭く反射させている。

中型ステンレスナイフ。正気が刃物を向けられるのは、小学四年生のとき以来だった。当時正気がいじめていたクラスメイトの一人がついにキレ、いじめの主犯格だった正気にカッターナイフを向けてきたのだ。だが瞬時の判断で相手の怯えを確認した正気は、余裕たっぷりの笑みで相手に歩み寄った。「やれるもんならやってみろよ、うじ虫が」。正気の一言で相手は戦意を喪失し、カッターナイフを床に落とした。それからの正気の反撃は凄まじいものとなった。

正気は修作を見据え、相手の右腕の付け根に神経を集中させた。さすがにあのときとは違い、心理戦で勝つというわけにはいかないようだ。正常な頃の修作だったらいざ知らず、今の修作はヘロインをスニッフィングしたことによって正常な判断力を失っているし、狂暴化している。本気で相手を殺そうと考えているはずだ。刃物を持ち本気で殺意を抱いている人物を相手に冷静でいられるほど、正気の度胸はない。もしここで五秒でも横たわれば、自分は修作の手によって絶命させられるだろう。

自分が死ぬわけにもいかないし、修作を殺人犯にさせるわけにもいかない。正気は左拳を修作の顔に向け、右拳を自分の胸の前においた。

一分の隙もない構え。空手の試合以外で正気がそれをするのは初めてだ。

興奮しつつも修作は兄のただならぬ雰囲気を察したようだった。正気は修作を睨みつける。修作の目の奥で一瞬、なにかが震えた。それをかき消すかのように、ついに修作が床を蹴った。

両手でステンレスナイフを握り締めたまま、前傾姿勢で突っ込んでくる。正気はナイフを意識しないようにし、相手の右手首だけを狙った。

一歩だけ後退し、正気は修作を懐に誘いこむ。

修作が一瞬だけバランスを崩した。

すかさず正気は不安定になった修作の右手首を両手で掴み、素早い重心移動で修作の脇に前進した。合気道の常套技だ。

右腕を大きく捻られた修作は激痛に堪《こら》えきれず、叫びながらナイフを床に落とした。修作の手を離れたナイフが、垂直にフローリングの床に突き刺さった。正気はそのまま前進し、修作を後方に倒した。右腕をさすりながら修作は壁まで転がった。その隙に正気は床からナイフを抜き取り、窓の外の庭に向かって放り投げた。投げながら、いまさらのように疑問が湧く。

なぜ修作は、ナイフなんかを枕元に置いていたのか。兄である自分に対して使用するのは、おそらく計算外だったろうと正気は思う。だれかに襲われる夢でも見ていたのか？

そう考えたとき、正気はハッとした。だれかに襲われる夢。幻覚。薬物症状。修作は薬物の起こす幻覚症状により、普通の人間では体験できないような恐怖に怯え続けてきたに違いない。

修作が起き上がり、正気に飛び蹴りを放ってきた。正気は体を横にして簡単にそれを避《よ》け、修作の脇腹を蹴り上げた。修作は倒れこんだがすぐに構え、ジャンプしながら正気の顔にアッパーを繰り出してきた。正気はそれを見切り、ジャンプして伸び上がった修作の腹に正拳突きを、続いて腰に膝蹴りを放った。修作は喚きながら倒れた。

正気は愕然とした。

なんだこの弱さは？

幼い頃、よく正気と修作は体を張ったケンカをした。最後は必ず修作の泣き声で終わるケンカだったが、いつも修作は本気で正気に立ち向かってきた。勝つとわかっていても、正気は修作と戦う度に、負けるかもしれないという不安に駆られていた。それだけの気迫が、強さが、当時の修作には備わっていた。

なのにこのザマはなんだ？　今の修作には部活で鍛えられた根性も備わっているはずだ。いくら正気が空手の黒帯二段だとはいえ、この戦闘能力の差は大きすぎる。次男独自の負けん気で、兄である自分と大差ない強さを発揮すると思っていたのに。正気は落胆しながら、立ち上がった修作の顔を見つめた。

修作は、大きく弧を描くようにして右腕を振ってきた。正気の胸を狙いながら。

だが正気はわざと避けなかった。直立不動の正気は、修作の攻撃を食らっても微動だにしなかった。続いて修作の渾身の蹴りが、正気の右太股に入る。浅い蹴り。正気は段々と身を震わせた。

正面にいる修作の濁った黄色い目。トルエン。ヘロイン。盗まれた貯金箱。ＤＶＤ。蹴りの浅さ。突きの浅さ。修作の弱さ。あらゆるものが、正気の怒りに火をつけた。

これ好機とばかりに連続パンチを繰り出し始めた修作の左腹に、正気は本気のストレートパンチを放った。修作が呻く。間を置かずに正気は膝蹴りを修作の太股横に叩きこんだ。修作は崩れ落ちた。

正気は修作を睨みつけた。これでお終いか？　こんなにおまえは弱いのか？

だが修作は死の可能性を身近に感じたのか、慌てて、闘争心剝き出しで立ち上がった。

「がーーう、ぐりゃーーー！」

叫びながら修作がやみくもにパンチを繰り出してきた。正気はそれを避けないまま、下段蹴り、上段突き、ストレートパンチをコンスタントに修作に見舞った。修作はその度に口から粘液を吐き、恐怖に顔を歪める。

「どうした修作！　おまえの攻撃なんてそんなものなのか？　そんな弱さじゃ簡単に俺に殺されちまうぞ！　死んでもいいんだな！」

正気は修作の意識に向かって叫びかけた。修作は恐怖し、怒り、泣きながら正気にパンチを繰り返す。正気も本気で怒り、本気の突きを、蹴りを繰り返す。修作のパンチは、相変わらず正気に痛みを与えない。だがその代わり、正気の攻撃を受けても修作は決してダウンせず、気力を振り絞って立ち上がった。生への執念だけが、修作を突き動かしていた。

「俺に痛みを与えろよ！　俺をぶっ殺すんじゃなかったのかよ！」

「ぷわは、ころすころす！」

正気は肘打ちを、手刀を、あらゆる打撃攻撃を修作に放った。修作も涙を、涎を、鼻水を垂らしながら攻撃を止《や》めなかった。

いつしか正気の体の中から、黒冷水が消えていた。心臓を凍らせるような冷たさなどどこにもない。代わりに心臓が、全身が、精神が、途轍もなく熱い。

今の正気の心臓からは、真っ赤に染まった熱い血が、怒濤のごとく全身に噴き出していた。黒冷水は沸騰して燃えるような赤い血液になったあとも、まだ熱を増し続けていた。

怒りで、全身が焼ける。黒冷水がもたらす怒りとは異なった、もっと根本的、原始的な怒りで。

正気は構わずに修作の顔面も殴り始めた。修作の頰に、こめかみに、肩に、脇腹に、正気の拳が食い込む。修作が、たまらずに胃液を吐く。

「もっと吐け！　全部吐け！　全部ぶちまけろ！」

正気は修作の腹を何度も殴った。その度に修作はトルエンが、ヘロインが混じった胃液を吐き出した。

「目覚ましパンチだ！」

そう言って正気は修作の頭部を殴った。殴ることで、修作の中の正常な意識を呼び戻そうとした。腹を殴ることでトルエンを、ヘロインを、毒素を、異常な意識を、すべて吐き出させようとした。

早く悪いものをすべて吐き出せ！　そして元の人格に目覚めろ！

正気は修作を自分の腰に乗っけると、背負い投げの要領で机に向かって投げた。一メートルほど飛んだ修作は背中から机に激突し、腹を下にして床に崩れ落ちた。正気は興奮冷めやらぬまま、額を流れる汗を拭った。これで修作は目覚めてくれるだろうか。

「うぐあ！」

修作が、今まで聞いたこともないような掠れた呻き声を上げた。正気は気になり、修作のもとに近寄った。

修作はうつ伏せのまま倒れていた。正気は全身を見まわし、変に捻れているところがないかどうか確認した。後背部にはどこにも異常はないようだった。修作は右手で胸を押さえている。肋骨でも折ったのか？　そう思って正気は修作の体を、仰向けにひっくり返した。

一瞬で正気の舌は渇いた。

修作の、トルエンで濡れたビショビショのパジャマ。そのパジャマの右胸の辺りに、赤い染みが広がっていた。赤い染みはゆっくりと、確実に広さを増してゆく。赤い染みの……血液の染みの中心で、なにかが鈍い茶色い光を放っている。

トルエンが入っていた瓶の破片。それが修作の右胸に突き刺さっていた。正気がさっき瓶を割ったとき、床の上に一片だけ飛び散ったものらしかった。瓶底部分の破片のため、上手い具合に床の上に立ってしまった。そして運悪く、修作がその上に倒れこんだ。

「いてぇよ、いたいよ」

修作が小さく呻いた。そしておぼつかない手で、胸に刺さった破片を取り除こうとする。正気は我に返り、修作の代わりに瓶の破片を抜いてやった。抜いた破片を見て正気はまた驚いた。長さにして一・五センチ。それだけの長さの破片が、修作の右胸に埋まっていたのだ。これがもし胸の真ん中だったら……考えただけで正気は取り乱しそうだった。

破片を抜いたためか、さっきよりも出血が酷くなっている。正気は慌てて洋服ダンスから自分のTシャツを掴み取り、修作の机の上に置いてあったハサミで切った。それをパジャマの上から修作の胸囲にきつく巻きつけ、ほどけないようにきっちりと結んだ。充分ではないが、これで一応の止血はできた。次の行動を正気は考えた。そうだ、病院だ、病院に連れて行かなければならない。

偶然にも、外から救急車の音が聞こえてきた。正気は神に感謝し、窓の外に目をやった。

救急車が一目散に公園を横切り、南西の方向に向かって行った。正気の家から見て最寄りの総合病院は北の方角……。

「クソッタレ！」正気は壁を蹴りつけた。救急車は病院から離れていっている。おそらく救急患者を迎えに向かったところだろう。町の消防署には、確か救急車は一台しかなかったはずだ。戻ってくるまでここでただ待っているわけにはいかない。修作の身が危ない。

正気は決意した。家から病院までは、一キロに届くか届かないかくらいの距離しかない。別段、遠い距離ではない。

正気は、仰向けになって意識を朦朧とさせている修作を、しっかりと背中におぶった。薬物症状が治まって疲れたのか出血のショックで意識を失い始めたのか知らないが、修作は抵抗もせずに正気に身を任せた。そのまま正気は一歩一歩、慎重に階段を降り、玄関から出た。戸締りもせず、正気は一目散に走り出した。

アスファルトの上で、細長い影がせわしなく上下する。人通りの少ない千葉県郊外の住宅地は六時を少し過ぎただけなのに、ひっそりと静まりかえっている。正気に聞こえるのは自分が吐く息の音だけだ。

「いたいよ、いたい……よ」

首もとで修作が呟いた。

「大丈夫だ、あと少しで病院に着くからな」

正気は笑いかけながら修作に言ってやった。だが心の中は焦りでいっぱいだった。

背中に生温かい感触を感じ始めた。修作の血だろう。

もっと速く、もっと速く走れ！

正気は自分にそう言い聞かせる。

この道路の数百メートル先で、街が光を帯びている。病院は、街に入ってすぐのところだ。

息が切れてきた。膝が痛い。だがそんなことは気にもせず、正気は自分に鞭打ち、全速力で走り続ける。

もやのかかった風景。白い天井。修作は眩しさで目を覚ました。体が重い。思うように動かない。

修作は首を曲げ、自分の体を見た。そして目を剝いた。真っ白なベッドに、腕が、足が、胴体が、しっかりと固定されていた。修作は抵抗を試みたが、ビニールで覆われた柔らかい鎖がそれを許さない。修作はおとなしくすることにした。腕には針が刺し込まれており、針から延びた管《くだ》が、ベッド脇のスタンドに掛かっているビニール袋に繫がっている。点滴か。かろうじて修作は理解した。

酷く眠い。体が重い。こんな感覚を、修作は久しく体感していなかった。いつでも頭は冴えていて、身は軽やかだった気がする。意識が、朦朧としている。瞼が重い。でも眩しい。

どんよりとした意識の中で、修作は自分に問いかけた。なんで俺はこんなところにいるのだ？　ここはどうやら病院らしい。その病院のベッドに、どうして自分は縛り付けられているのだ？　考えたが、答えを導き出せない。考えようとすると睡魔に邪魔されて、そんなことはどうでもよくなってしまう。修作は眠ろうとした。全身が、ベッドに深く沈んでゆく。

　だが修作はなにか落ち着かなかった。体のどこかに違和感がある。修作は意識を集中させた。

　右胸の辺りが熱を帯びていた。胸は掛け布団に覆われていて、見た目では確認できない。自分はそこの箇所に怪我でもしたのだろうか。修作は頭を働かせた。やがて、断片的に記憶がよみがえってきた。

　右胸の怪我、鋭い痛み、夜のアスファルト、だれかの背中、部屋の中を飛ぶ光景、濡れた床、机、開け放たれた窓、殴られる痛み、蹴られる痛み、飛んでくる肘、黒い蝶、黒い服、凄い形相の目、高校生、小学生……。

　修作の意識は一気に恐怖に突き落とされた。目は完全に覚め、呼吸は瞬時に荒くなった。

　早くここから逃げなければ！　また奴らに、特にデカイほうにやられる！

　修作は必死でもがいた。だが手足は縛られ、言うことを聞かない。

「殺される、殺される、ころされる、こおさえうー！」

　必死になって修作は助けを求めた。だれか来てくれ、だれかきてくれ。

　修作は混乱してゆく意識の中で刹那、祈った。さきほど自分が感じていたはずの、だれかの大きな背中の温もり。修作はそのだれかに向かって祈った。たすけてくれ、たすけてくれ、おれをここからつれだしてくれ……。

「修作！」だれかの甲高い声が聞こえた。修作は目をやった。見覚えのある顔。

「おかあさん、おとうさん、たすけて！」

修作は声を振り絞って両親に訴えかけた。気がつけば、病室中の人々が修作のほうを向いている。

目、目、目、目、幾つもの目。修作は恐怖した。こいつらぜんいんにころされる！　白衣を着た男が修作に駆け寄ってくる。その手には針のようなものが握られている。修作は白衣の男に、自分への殺意を感じた。

もうにげられない、おしまいあ。

恐怖が極限に達し、修作は失禁した。現実から逃避するため、目をつぶった。

「ばわああああああああああああああああああああああああああああああああああああ！」

修作の絶叫は病室中の空気を切り裂いた。

「どうしたの修作！　なにがあったのよっ……」

「なんで、なんでめをとじてもおまえはいるんああお！　く、くるなくうあくうああめお、ああああああああああああ！」

目を閉じることも開けることもできず、修作は自分の意識の奥深くに、必死で逃げ込もうともがき続けた。意識の遠くで、懐かしい声が修作に呼びかけていた。

机の上に置かれたFMラジオからは、平成初期の懐かしいヒットソングが流れてくる。覚えている曲を口ずさんだりしながら正気は部屋の整理をしていたが、午後八時の時報で一旦、手を休めた。一階の台所まで行き、緑茶の入ったペットボトルを冷蔵庫の中から摑み取り、また自分の部屋へ戻った。破損した木材等を踏まないように注意しながら、正気は椅子に腰掛けた。背を反らしながら緑茶を飲む。血栓のように固まった疲労物質が、全身の血液に溶け流れる。

開け放たれたままのカーテン。学校から帰ってきてから部屋の整理に追われていた正気は、カーテンを閉めるのを忘れていた。それを閉めようと、正気はカーテンに手を伸ばした。だが思いとどまって、伸ばした手を引っ込めた。

数百メートル先で輝く街。正気の部屋の前では数軒の住宅が建てられようとしているが、それ以外には視界に建物らしい建物はない。建設中の家も、まだ基礎工事の段階で、地面をコンクリートで固めただけなため、正気の部屋の道路側でない窓からは、街まで視界を遮るものはなにもない。田畑が、空き地が、アスファルトの道路が延びているだけだ。

街の中心部に位置し、上空に緑色の淡い輝きを放っている建物。正気は目を細める。総合病院。修作が入院している病院。正気の両親は仕事を早めに切り上げて帰宅し、六時頃、病院に向かった。正気だけはここに残り、荒れた自分の部屋の掃除をしていた。

正気は昨日のことに思いを馳せた。とにかく、慌ただしかった。修作を担いで病院に着いたのが、六時十分。驚くべき速さだった。救急受付まで修作を担ぎ、急患としてすぐに診てもらった。修作がストレッチャーに寝かされて運ばれるのを見届けてから、正気はまた走って家に帰った。六時二十分頃。丁度、母がカローラを車庫入れさせている最中だった。正気はカローラの窓を叩き、開けさせた。怪訝な顔をした母に、正気は事の成り行きを大雑把に伝えた。母は驚き、動顛しながら再び車を発進させた。母が動顛した証拠に、正気は車に乗せてもらえず、また走って病院に行かなければならなかった。道の途中まで来たとき、自転車に乗って来ればよかったと思ったが、もう遅い。再び病院に向かって走った。

幸い、修作の右胸の傷は軽傷で済んだ。だが医師や看護婦たちは、外傷よりもむしろ修作の異常な行動に奇異の目を瞠ったようだった。すぐに血液検査が行われた。薬物反応があったと医師から聞かされたときの母の表情は、正気の頭の中に今でもこびりついている。突然疲労しきったような母の目。当然だろう。手塩にかけて育てた次男が、ヤク中患者と化していたのだ。今までの自分の教育、修作への接し方に多大な疑問を感じただろう。修作は拘束具でベッドに縛り付けられ、点滴を打たれて眠りについた。

やがて職場で連絡を受けた父が病院に駆けつけ、医師と母から修作の状況を冷静に、尚且つ根掘り葉掘り聞き出していた。ぐっすりと眠っている修作の姿を三人揃って確認してから、三人は廊下のベンチに腰掛けた。少し落ち着いたのか、両親は一連の出来事の詳細を、正気に問いただした。どこから話せばよいのかと正気は悩んだが、どんどん重くなっていきそうな口を開いた。

修作が、女子校の文化祭に行った日からトルエンを常習し始めるようになったこと。家に帰ってみたら、修作が目を濁らせて狂人と化していたこと。修作の机の中をあさってみたら、大量のトルエン瓶とチョーク型ヘロインを見つけたこと。それらを床に垂れ流していたら、修作にナイフを向けられたこと。自分は応戦し、容赦なく修作をぶちのめしたこと。修作から毒を吐かせ、目を覚まさせようとしたこと。修作を投げつけたら、彼の胸に瓶の破片が突き刺さったこと。担いでここまで運び込んだこと。たっぷりと時間をかけ、正気はおおよそのことは話した。その間ずっと両親は神妙な顔をしていた。

「どうして女子校に行った日に修作が常習者になり始めたって知ってるの？　なんですぐにトルエンだ、ヘロナントカだってあんたは判断できたの？」

母の質問に、些か正気は焦った。常習者になり始めた日のことは「修作本人が呂律の回らない舌でそう言っていた」と答え、なんで薬の区別がついたのかに関しては「化学の時間に習った」と答えておいた。事実、正気は高一のときに化学の時間でトルエンやヘロインの構造式、性質等を習っていた。

青野のことだけはだれにも言わないでおこう、と正気は思っていた。確かに修作にクスリを売りつけていたのは青野だ。だがそうするように無意識のうちに促していたのはだれか？　それは紛れもなく、正気自身だった。青野に社会的制裁を受けさせるのも、可哀想な気がした。

九時になったので、正気は一人だけ家に帰った。家に着くと適当に食事を摂り、風呂に入ってパジャマに着替えた。酷く疲れていた。二階に上がって自分のベッドが置いてある修作の部屋に足を踏み入れたとき、正気は一瞬身を縮こまらせた。部屋の中は、さっきのままだった。当然だ。割れたガラス瓶、乾いた胃液の跡、開いたままの窓……。正気は半時間ほどかけてそれらを掃除し、ようやくベッドに倒れこんだ。なにも考えぬまま、意識は深いところに沈んでいった。それで昨日は終わった。

昨晩病院に行ったっきり、正気は病院には足を向けていなかった。いつも通りに学校に行き、いつも通りに授業を受けた。テストも近いため、そろそろ勉強に本腰を入れなければならない。部活には軽く顔を出したが、青野の姿は見かけなかった。正気は途中で帰り、家に着いてすぐ、荒れた自分の部屋の掃除を始めた。

夕食も摂らずに掃除を続け、今に至る。かれこれもう三時間はずっと掃除をしている。両親が病院から帰ってくるのは十一時を過ぎるはずだ。正気はペットボトルの緑茶をラッパ飲みした。

立ち上がり、正気は部屋の掃除を再開した。もうあらかた、破壊された家具などは一ヶ所にまとめておいた。オーディオラックに関しては割れた蓋板だけを蝶番ごと取り外し、本体のほうは元のままで壁際に置かれている。おかげでアダルトビデオが出しっ放しになっている。

正気は今日学校から帰ってきて数週間振りに自分の部屋に足を踏み入れたとき、驚いた。オーディオラックが、家を出てくる前に見たときよりも醜く破壊されていた。他にも、色々なものが修作によって破壊されていた。小さい本棚、大きい本棚、強化プラスチック製収納ラック、マウンテンバイクのホイール、小型ラジオ、小型ラジオを載せていたウッドチェアー、古いクラシックギター、貰ったエレキギター。どれも斧のようなもので砕かれた跡が残っており、殺人鬼ジェイソンの仕業ではないかと思えるほどだった。これほどの部屋の荒れようは、修作の怒り、怨念を物語っていた。

正気は掃除を再開したのもつかの間、スタンドに立て掛けられたマーチンのアコースティックギターを手に取った。己の耳だけでチューニングし、適当に音を鳴らした。なぜかこのギターだけは破壊されていなかった。他のクラシックギターとエレキギターは、ネックやボディがズタズタに破壊されていたのにだ。正気はアコースティックギターが破壊されなかったことに安心した。なにしろ、マーチン社製なのだ。高校生にとっては目が飛び出るほどの値段がしたギターだ。傷一ついていないことに感謝した。

あるいは、と正気は思った。壊れゆく人格の中でも、修作はこのギターの価値を認識していたのではないか？　毎日、正気が磨いていたギターだ。その姿を目にしていた修作は値段だけではない、兄にとってのこのギターの価値まで認識していたのだと思う。そう思って部屋を見渡してみると、あらためてそう思える。正気が十年は使用している机は無傷だし、マウンテンバイクはホイールしか破壊されていない。フレームは無事だ。

書物関係は破られたり焼かれたりしているでもないし、ONKYOのコンポも無事だ。傍《はた》から見ても大切だとわかるものは、すべて破壊されずに鎮座している。

正気は希望を見出したような気がした。薬物によって狂人と化し兄の部屋の品々を破壊していたときでも、修作は無意識のうちに兄に対する思い遣りを見せていたのだ。兄にとって大切なものは残しておき、また買えそうなものだけを破壊する。狂気が最高潮だったときでさえそうだったのだ。病院で治療を受けている現在、元通りの人格に回復しないわけがない。正気は掃除を再開し、自分に目を向けた。

修作にクスリを売りつけた青野。青野をそうさせた自分。超高層校舎の最上階で、青野は確かに言っていた。「修作君はあんたのことを怖がっている」、と。怯えた目で「小学生のオマエ」と叫ぶ修作。まさか自分が他人から怖がられていたとは思いもしなかった。だから今日目が覚めてから、正気は随分と考えた。

結論らしきものは出た。修作の心の奥深くには、兄である自分に対する恐怖心が根をおろしているらしかった。それがトルエンやヘロインによって目覚め、小学生の頃の兄の幻覚に恐怖する羽目に陥ってしまったらしい。正気は小学生だった自分を思い出してみる。小学三年生頃からだろうか、正気は学習塾に通うようになった。塾の膨大な宿題、ピリピリした空気、様々なものにストレスを感じるようになった。そのストレスの捌け口として、正気は暴力を見つけた。学校では休み時間になる度、ターゲットをとっかえひっかえしては、殴る蹴るして数人でいじめていた。陰湿になにかを隠したり無視したりということはしなかった。暴力だけの、肉体的苦痛を与えるだけのいじめ。いじめられた者は痛みに苦しんでいたが、攻撃が止めばみんなはまた普通に口を利いてくれたため、不登校になったりはしなかった。こいつはそろそろ教師にチクりそうだなと思ったら、正気はターゲットを換えた。学校で身につけた暴力性は、当然家まで引きずらないわけにはいかなかった。小学生だった正気にとって、内と外で行動を切りかえることなどできなかった。修作が少しでも気にくわないことをすれば、正気は学校でやっているように容赦なく暴力を振るった。そんな日々が、正気が中学受験を終えるまで、四年間続いた。修作の深層心理に兄への恐怖心がこびりつくのも仕方ない。正気は過去の自分を反省した。だが——。

今はどうなのか？　ここ数年を振り返ってみる。正気は中学に上がってからは一度も、修作と体を交えたケンカはしていなかった。やがて修作も中学に入学し、兄の学校との偏差値の差にコンプレックスを抱くようになった。その辺りから兄弟間の冷戦が始まった。部屋をあさる、親にチクる、両親の前で馬鹿にする、盗む、威圧する。肉体的痛みなどはまったくなく、実に陰気で心に果てしない暗闇を広げる静かなケンカ。正気は昔の暴力によるケンカではなんの痛みも受けなかったが、ここ数年の冷戦だけは、実に深刻な悩みの種だった。一方的に部屋中をあさってくる修作。それに対し、正気は別の手段で微々たる抵抗をするしかなかった。いつも自分だけが、被害を受けていた。

だが今、正気はそうは思わない。部屋をあさってくる修作にも、計り知れないほどの怒り、ストレス、被害があったはずだ。双方の憎しみがぶつかり続け、原因不明、出口不明の冷戦となってしまった。正気も修作の部屋をあさることを考えたが、そんなことでは解決しないのは明らかだ。答えの出ない悩みを頭から拭い去り、正気は床を拭く手に力を入れた。

ラジオからは相変わらず、平成初期のヒットソングが流れている。正気は懐かしいメロディーを口ずさみながら床を拭き続けた。木の細かい破片や木粉が、フローリングの床にかなり飛散している。正気は壊れていない本棚の下に、大量の埃を発見した。修作が撒き散らしたものとは関係ないが、ついでに拭き取ってしまおうと腹這いになり、雑巾を摑んだ手を伸ばした。

なにかが指の先に触れた。なんだろうと思いながら正気はそれを摑み、目の前に引っ張り出した。埃をかぶった、緑色の四角い封筒。中身は硬い。どうやらCD－ROMが入っているらしかった。正気は糊付け部分を見た。

乱雑に貼り直した痕跡。修作の仕事だ。修作が元通りにしようとしたということは、中のものは正気が所持するものと考えてよかった。正気には、その封筒に関する記憶がなかった。アダルトDVDか？　そう思って正気は封を開けた。中に入っているCD－ROMの表面には、なにかがマジックで書かれている。

「ロックスコーピオン……」

ロックスコーピオン？　どこかで聞いた名前だ。ロックスコーピオン、ロックスコーピオン……。

正気は心臓を叩きつけられる思いがした。

ロックスコーピオン。高一のときに正気が友人たち五人と組んで結成した、幻のヘボバンド。たった三ヶ月で解散したのだが、解散する直前、記念にということで自分たちの演奏をMDに録音して、パソコンで編集したのだ。今手元にあるCDが、その完成品だ。だがウケ狙いで考えてもあまりにも酷い演奏だということで、結局CDはメンバー各自に配られるにとどまった。正気は先を思い出したくなかった。

確かこのCDには九曲入っており、そのうち自分がヴォーカルを務めた曲が……五曲。あのときの自分のどうしようもない歌声を、修作に聴かれてしまった……。正気は赤面した。恥ずかしい。あんな演奏や歌声は、決して人に聴かれてはならないはずだったのに。

正気は、段々と修作への怒りの思いを強くしていった。人の恥を勝手にまさぐりやがって！　許せない！　だが、怒りは頂点までは達しない。

「まいったなぁ……」

正気はだれもいない部屋で照れ笑いをしてしまった。恥ずかしいし、どうしても笑ってしまう。たとえ相手がだれであろうと、このCDを聴かれたことに対する恥ずかしさは想像を絶する。修作はこのCDを聴き、ゲラゲラと笑い転げたことだろう。正気は恥ずかしさに押し潰されそうになりながらも、やり場のない怒りを覚えた。でもどうすればよいのだ？　これから病院にまで仕返しをしに行くか？　正気は怒りを鎮めるため、ラジオから聞こえる、幼い頃に流行《はや》った曲に耳を傾けた。

掴んだ拳を使えずに　言葉を失くしてないかい
傷つけられたら牙を剝け　自分を失くさぬために
今から一緒に　これから一緒に　殴りに行こうか

正気は目が醒める思いがした。思わず立ち上がる。

そうだ、殴りに行けばよいのだ。

なにを自分は難しく考えていたのだ。傷つけられたら、怒りを覚えたら、自分の感情に正直に、相手に牙を剝いてしまえばよいのだ。正気は興奮を隠せずに、そう思うやいなや駆け出した。


月明かりが、路上に点在する反射板に反射し、正気の目を射す。

正気は昨日と同じように夜のアスファルトを蹴りつけ、総合病院を目指していた。

殴ってやる。一発だけでいい。怒りの鉄拳をお見舞いしてやる。

正気の頭の中は修作への仕返しでいっぱいだった。さきほど感じた羞恥心と怒りが渦を巻いている。だがどことなく、正気の心は微笑していた。

霧が晴れた気分。まさに今の正気の心情がそうだ。くだらない理性、意地、肥大した思考によって正気自らが発生させた霧が、今、ようやく晴れたのだ。単純なことだったのだ。互いに、正直に接すればよいのだ。

正気は脚をさらに速めた。

冬の冷気が、頬に一層激しく吹きつける。

「ぶん殴ってやるからな、修作！」

叫びは閑静な新興住宅地に響いた。

正気は眼前に迫ってくる、緑色の光を見据えた。

脚を、野生動物にでもなったかのように、解き放つ。

《完》

「……眼前に迫ってくる、緑色の光を見据えた。

脚を、野生動物にでもなったかのように、解き放つ。

I

《完》」


液晶ディスプレイから目を離すことができないでいる。さっきから目の前の文字列が揺れて見えるのは、怒りで身を震わせているためだ。

「黒冷水」。どうやらそれがこの小説の題名らしい。ふざけやがって。

「ふざけるんじゃねえぞ……」

叫びたいのを我慢して呟いた俺は、無意識のうちに拳をディスプレイに打ちつけようとしていた。既《すんで》のところで手を止めた。そして液晶ディスプレイを壊そうとしていた自分に驚いた。

これじゃ「修作」みたいじゃないか……。

俺は激しい悔しさに襲われた。だがどうすることもできない。まだ夜明け前なのだ。机を蹴りつけたりしてしまえば、隣室の両親に、そしてもう一つ部屋を隔てた所で寝ている兄貴に、大きな物音を聞かれてしまう。俺以外の家族は三人とも、どういうわけか少しの物音でもすぐに目を覚ます。

まだ夜明け前。俺は思い出したように卓上時計に目をやった。午前四時三十六分。驚くべきことに、一時十分から三時間以上もの間、ぶっ続けで兄貴の書いた小説を読み通していたようだ。普段、本に関心のない俺だが、時間の経過も忘れて、俺にしては驚異的なペースで、怒りに身を震わせながら最後まで読んでしまった。途端に不安が背筋を走った。兄貴の視線を感じたような気がした。俺は素早く後ろを振り向いた。だがそこにはだれもいなかった。俺は安堵の息を漏らした。

サッカー部の練習がハードだったため、俺は蛍光灯をつけたまま午後九時にベッドに横になり、瞬時に眠りに就いた。その後は、時間の感覚などあるわけがなく、次に目を開けたときには天井で常夜灯のオレンジ色の光がぼやけていた。引出し式ベッドの上段からは兄貴のクソうるさい鼾が聞こえていた。そのときようやく、まだ世間は真夜中だということに気付いた。早く寝過ぎたがために、早く目覚めてしまった。俺には滅多にないことだった。兄貴の鼾はうるさく眠れそうにもなかったので、俺はベッドから起き上がった。リビングに下りていって俺は驚くと同時に途方にくれた。まだ午前一時にもなっていなかった。テレビをつけてチャンネルサーフィンをしてみたが、どのチャンネルも俺を楽しませてはくれなかった。

最近、兄貴の部屋をあさる暇がなかった。シメタと思い、ゆっくりと階段を上り、音を立てずにここ、兄貴の部屋に侵入した。ドアの隙間から明かりが漏れてはまずいと思い、明かりは卓上電気スタンドしか点けなかった。物音を立てるわけにもいかないし、卓上電気スタンドの不充分な明かりでは部屋中をあさったりはできない。俺はごく自然に、兄貴のパソコンの起動スイッチを押した。

ハードディスク内に保存された新作アダルト動画を数本見終えたあと、デスクトップ上のWord文書のアイコンに注目した。「黒冷水」と、アイコンにはヘンテコな名前がついていた。俺はパソコンゲームかなにかのマニュアルかなと思った。ギャルゲーのマニュアルだったら素晴らしいのに、そう思いながら俺はアイコンをダブルクリックした。

だが俺の期待は大きく裏切られた。

一ページ目の半分も読み終わらぬ頃、俺は「修作」なる登場人物の行動、心情に既視感を覚えていた。なぜだろうと思いつつも、読み進めた。これが小説だと理解できたときに、俺は作者である兄貴の顔を思い浮かべた。まさか、そんなはずが……。自分の考えを否定しつつ、先を急いだ。しかし恐れていたことに、この小説の「修作」なる人物のモデルは兄貴の実の弟、つまり俺であることは間違いないようだった。

最初の場面を読んだだけで、冷や汗をかいた。俺が行っている通りの、修作のあさりの手口。兄である正気に対する、修作の蔑んだ心情。あさり行動に関するディテールの細かさ。空気感。そのどれもが俺が行い、感じたものだった。俺が書いた文章だというのなら理解できる。だがこれを書いたのは兄貴なのだ。俺はそのとき、兄貴が本当に監視カメラでも仕掛けているのかと恐怖した。

だがやがて何度も場面が切り替わるうちに、俺は怒りを覚えていった。修作なる登場人物は粗暴で不細工でアニメが大好きな隠れオタク。それを登場人物の正気が、作者である兄貴が、変態扱いして馬鹿にしていた。アニメしか愛せず、兄の部屋をあさることが趣味の、陰湿な性格の修作。途中何度も、パソコンを壊したい衝動に駆られた。

俺はこんなオタク野郎じゃないし、不細工でもない。

しかもなんだ、兄貴の分身である「正気」という人物はどこまでも正しい思考をしており、数々の苦悩を経て、最後は兄弟愛にまで目覚めている。苦悩する「正気」の弱さを加えることにより、苦悩などしていない「修作」を粗暴なキャラクターとして際立たせている。

俺は歯軋りをする。

すべては、兄貴の創造した、勝手な幻想でしかない。

そう思って怒り狂った俺だったが、同時に酷くショックを受けてもいた。自分が兄貴の部屋を執拗にあさっていることも、アニメ少女好きだということも、知られたくないおおよそのことが、事細かに書かれていたからだ。

机の中のあさり手順。一度開封した封筒をまた元に戻していること。深夜の少女アニメを予約録画していたこと。リビングのパソコンでアダルトアニメをダウンロードしていたこと。読めば読むほど、知られたくない事実が兄貴のタイピングの跡によって暴露されていった。

俺はショックを、羞恥心を、恐怖を、そして噴き出る怒りを嚙み締めながら、うなされるように最後まで「黒冷水」を読んだ。

読み終えた今、目は充血し、血液は怒りで煮えたぎっている。

だからといって「殺す、殺す、ぶっころす！」などと叫びながら兄貴に刃物を向けたりなどはしない。あくまでもそれは兄貴の書いたクソ小説の中の話でしかない。俺は「修作」なんかとは違う。もっと冷静な判断力と行動力を備えている。

どうやって兄貴に復讐するか？　その答えは明白だ。俺はパソコンのマウスを操作する。ディスプレイ上のポインタを、閉じたWord文書のアイコンに合わせる。

『黒冷水』を右クリックした。

……コピー(C)、ショートカットの作成(S)、削除(D)、名前の変更(M)……。

迷わず「削除(D)」にアイコンを合わせた。クリック。〝黒冷水〟をごみ箱に移してもよろしいですか？

「はい(Y)」をクリックした俺は、ポインタを「ごみ箱」に合わせた。そしてまた右クリック。

「ごみ箱を空にする(B)」クリック。

これで最後だ。俺は興奮を隠せない。

〝黒冷水〟を削除してもよろしいですか？

「はい」とニンマリと呟きながら、俺は「はい(Y)」をクリックした。

兄貴が膨大な時間をかけて書いた小説、「黒冷水」は跡形もなくこの世から消え去った。

俺は跳び上がりたいほどの喜びに襲われた。兄貴の苦労は全部、水の泡となってしまったのだ。いつこんなものを書いていたのか知らないが、兄貴は書いた小説を人に読ませようとしていたに違いない。そんなことはさせない。兄貴がまたしつこく同じような作品を書いたとしても、俺は事故に見せかけて「削除」してやる。同じ手段を二度使うわけにはいかないから、今度はハードディスクごと「削除」してやる。それまでにまた、兄貴は無意味で膨大な時間を費やせばいいのだ。俺はパソコンをつけっ放しにしたまま、椅子から立ち上がった。他のものでもあさってみるか。

机の横に、工具ボックスらしきものが置いてあった。初めて見るものだ。卓上電気スタンドの明かりだけを頼りにあされるものは、それぐらいしかない。期待しつつ、蓋を開けた。バルサ材、ウッド材、針金、アロンアルファ、サンドペーパー、ファンのような金具、パテ、ラッカースプレー、錐、ピンバイス、クラフトナイフ、新品のナイフ……。

がっかりした。ハンドメイドルアーを作るための材料や工具を、新品のボックスに移し替えただけだった。期待させやがって。それでもさっきの喜びが残っているからか、俺はまだ気分がいい。兄貴が最近買ったばかりらしい、艶やかに光る狩猟道具を手に取り、弄んでみる。カバーを外してみると、金属の鋭利な先端がこちらを向いていた。俺はそれに微笑みかける。

パソコンにずっと向かっていたため、酷く肩が凝っている。左手で狩猟道具をブラブラさせながら、大きく後ろに伸びをした。背後が見えるほどに……。

時が止まった。絶句した。

慌てて後ろを向いた。

兄貴が、無表情で俺を見据えている。

いつからそこにいたのだ？

俺は動けないでいる。湧いてくる恐怖に呑みこまれそうになる。

兄貴の無表情な顔は、深過ぎる不気味さを湛えている。

「偶然、いや、その……なに見てんだよ！」

自分でもなにを言っているのかわからない。

兄貴から殺気を感じた。もう逃げられない。

俺の右手に握られている狩猟道具が、卓上電気スタンドの光を鋭く反射させている。

俺は今、なぜかこの状況に、既視感を覚えている。

Ⅱ

まだ夜明け前の薄暗い部屋で、プリンターがせっせと働いている。排出口から次々と、印刷を終えたA４紙を吐き出している。パソコンの液晶ディスプレイを確認した。印刷はあと二枚で、ようやく半分に達するところだ。

印刷が終わった紙から、順に目を通してゆく。誤字脱字はないか。文章に乱れはないか。原稿応募の締切日である今日まで、推敲に推敲を重ねてきた。よって、問題はほとんどないはずだった。

窓の外を眺め、「正気」のように昨日のことを思い出してみる。

昨日の午前一時前頃、僕は物音ですぐに目を覚ました。どうやら弟がトイレにでも行ったらしかった。だが階段を下りる音が聞こえた。さして気にも留めなかったが、自分の勘がなにかを告げたので、僕は三時間後に起きることにした。そして午前四時、三時間ぴったりで起きた。僕は睡眠を自在に操ることに関しては、常に命を狙われているアサシンのそれに近いものがあった。足音を忍ばせて、本当のアサシンのように自分の気配を消して部屋を出た。

てっきり弟はリビングにいるものだと思っていたが、自分の部屋から人の気配が漂ってきたので僕は身を硬くした。弟が、僕の部屋であさりをしている。現行犯逮捕だ。そう思いつつ、僕は音を立てずにドアを開けた。そしてまさかの光景に息を呑んだ。

ディスプレイを微動だにせず眺めている弟が、そこにいた。僕には背を向けていて、全く気付く様子はなかった。

ディスプレイに映っているのがアダルト動画でも無修整写真でもないことは、遠目からでも理解できた。文字列。Word文書。弟が読んでいたのはまぎれもなく、僕が書いた小説「黒冷水」だった。僕は、野蛮な弟が小説なんかを黙々と読んでいることに驚きを感じていた。不思議と、勝手に読まれたことに対する怒りは湧いてこなかった。小説を読んでいる弟がどう感じているか。それが気になった。

三十分くらいそうしていただろうか。弟は読み終えたらしく、肩を震わせていた。僕はその震えが怒りなのか恐怖なのか判別がつかなかったが、液晶ディスプレイを割ろうとした弟の行動を見て、それが怒りからくる震えだと理解できた。

怒っているのか。僕はそのとき大いに満足した。

弟は怒りながらもなにかマウス操作を始めた。僕は興味深くそれを見つめていた。今度はなにをする気だ？　だが極度の近視の僕には、さすがに弟がなにを行っているのかはよくわからなかった。

やがて弟が立ち上がった。いよいよ対面だなと思ったが、それに反して弟は机の横に置いてあった、ハンドメイドルアー用の工具ボックスをあさり始めた。だが中身が期待はずれだったことにイラついたらしく、弟は不快な表情の横顔を僕に見せた。けれども艶やかに光るなにかを右手に持つと、弟はリラックスしだした。近視の僕だったが、弟が手にしている物がナイフだということはすぐに推測ができた。一瞬だけ笑い声を出したのも、聞き逃さなかった。なんでだ、怒ってるんじゃなかったのか？　困惑している僕に気付きもせず、弟は大きく上半身を後ろ反りさせた。

目が合った。弟が凍りつき、驚愕するのが手に取るようにわかった。後ろを向いた弟の心臓は萎縮し、本当に血の気が引いているようだった。僕は頬の筋肉のこわばりで、自分が無表情でいることに気付いた。無表情な僕に、弟は多大な身の危険を感じたようだ。

「偶然、いや、その……なに見てんだよ！」

意味不明な言葉だった。

弟が、右手に持っているナイフに意識を向けた。僕はそれを敏感に察知した。それでも僕は無表情のままだった。弟は、僕に気付かれないように、控えめな戦闘態勢にはいった。

「デジャ・ヴュだな」

そのとき僕は、思わず微笑しながら言ってしまった。この光景、小説のラストの決闘シーンそのままではないか。恐怖により思考することを放棄したらしい弟も、無意識のうちに「修作」の行動をなぞっているらしかった。事実、弟の血走った眼球は不安定に部屋中を見まわし、発狂寸前であることが容易に窺えた。

一歩だけ足を踏み出し、弟との距離を詰めた。

「ナイフを置けよ。今だったら許してやる」

僕が投げ掛けてやった無条件降伏の勧めに、弟は首を振った。

「は？　な、なに言ってるんだテメー、頭おかしいんじゃねえの？」

その時点で僕は弟の殺意を確信した。

突進してくる弟の右手からナイフを奪うシミュレーションを一瞬、頭の中で行い、身構えた。

だが弟はそんな僕に恐れをなしたのか、一歩後退した。

おまえは「修作」よりも度胸のない虫けらか。どうやら、小説の中で弟を良く書き過ぎてしまったらしい。若干の訂正が必要なようだ。

そう考えていたとき、弟が口を開いた。

「しょ、小説の中では随分とまともな人間なんだな、テメーは」

僕は思わず噴き出してしまった。仕方なく、優しく諭してやった。

「小説の中だけでなく、現実の世界でも僕はまともで正常な人間だ。逆に小説の中でも現実の世界でも狂っているのがおまえなんだよ」

僕の言葉に、弟が首を横に振った。そしてついに狂ったのか、顔に薄笑いをうかべた。

「笑わせるんじゃねえよ、この妄想野郎。小説の中では随分と頭が良くて強くて、人付き合いも広い人物なんだな、テメーの分身の『正気』は。だけど現実の世界ではどうなんだよ？」

「だからさっきも言った通り、現実の世界でも……」

「現実の世界でも人付き合いが上手か？　笑わせるんじゃねえよ。人と顔を合わせてまともにコミュニケーションもとれないくせに。いつもモジモジした態度ですぐに人の群れから離れようとしてるじゃねえかよ、テメーは」

そう言うと弟は声を押し殺して笑った。

僕はうろたえていた。ヤク中になった「修作」以上に、弟が支離滅裂なことを言い出したからだ。弟の発言とは異なり僕は正常な人間で、対人関係に支障をきたしてなどいない。それでもまだ、弟は口を開いた。

「まったく、あの小説を読んでマジでビビったぜ。小説の中では俺はテメーに恨みに恨まれ、散々な目に遭わされてるんだもんな。たぶん、小説どころかテメーの脳内では、俺は何百回も殺されてるんだろうな」

弟は愉快そうに顔を歪めている。

「俺はいつもテメーのことを反吐《へど》が出るほど嫌ってるけど、まさかその逆があるとは思わなかったぜ。俺がテメーになにか嫌がらせしても、テメーはいつも無反応だもんな。

よく、学校で人付き合いが上手くいかなくていじめられたりする奴が、家の中では家族に暴力を振るって王様になったりするらしいがな。それ以下だ、テメーは。人の輪に溶け込めないで自分を殺してるくせに、家の中でさえ自分を出そうとしない。俺になにかやられても、いつも死んだように無反応なくせに。小説の中では随分と自分の意思を貫き通してるんだな、テメーは」

違う。そうじゃない。僕は弟の目を醒まさせるにはどうすれば良いのか必死で考えた。

「あと、俺の実際の身長は百七十三センチだぜ。テメーの身長なんか、実際には百八十センチ以下の百七十五センチくらいしかないくせに。来年には俺に追い越される運命だからって、脳内で自分だけ高身長になってんじゃねえよ。本当に都合の良い野郎だな、この万年童貞野郎」

違う、僕は御都合主義者などでもない。

「俺に不満があるなら実際に口に出してみろよ、現実の世界でもよ。あ、でもテメーには無理か。生まれてからずっと、脳内でしか自分を出せなかったんだからな」

違う、違う。

「ハハハ。内弁慶でもない、脳内弁慶の誕生ってわけだ」

自分は脳内弁慶などではないし、ちゃんと現実に適応している。

狂っているのはおまえだ。

そう思った直後、僕の四肢は勝手に動いていた。

弟に体当たりを食らわせ、そのまま壁に押しやった。弟は狼狽した顔をしていたが、すぐに反撃に出てきた。

弟の放つ打撃の予想以上の強さに、僕はしばらく驚いていた。パンチを放ったほうが強いのに、対戦前に相手選手の耳を噛んでしまったタイソン。弟の攻撃は、品がなくて野蛮な連中のそれに似ていた。弟は、伝統空手のルールでは禁止となっている肘打ち、顔面への攻撃、髪摑みなど、僕には予想もできないような卑怯な技を、野性的に駆使してきた。弟は攻撃を放ちながらも、時折、僕に「弱い奴」、「見かけ倒しか」等の言葉を投げかけてきた。僕は、卑怯な弟とどうやって戦えば良いのか、体をぶつけ合いながら思案していた。

そして弟は、ナイフを握り締めたままの右手を頭上に振り上げた。慌てて僕は右斜め前方に踏み込み、弟の右手首を摑んだ。摑んだ手首と共に前方へ重心移動し、光を反射させているナイフを……。

目を疑った。弟が握っている物に、もう一度よく目を凝らしてみた。

ハンドメイドルアー……。

艶やかに光る、銀色の狩猟道具。まだ作りかけのミノープラグで、バルサ材を小魚の形に削り出したものに針金フレームを埋め込み、アルミホイルを貼ってからセルロースセメントで加工しただけの物。カラーリングはまだ行っていないが、着水姿勢テストのため、腹と尻の部分に顔を出している取り付け金具には、釣針を付けていた。指に刺さる可能性があるため、釣針には強化プラスチックのカバーが取り付けてある。海でランカーサイズのスズキを釣るために、僕はこのルアーの全長を十五センチにしていた。十五センチの長さで、アルミ加工された細長い物体。僕はどうやら強度の近視により、自分で作ったハンドメイドルアーをナイフと見間違えてしまったようだった。

呆然としてしまった僕の手を振り解《ほど》き、弟が横に一歩移動した。

「な、なにする気だよテメー……。そんなことしていいと思ってんのかよ……」

震えながら言う弟を見ながら、瞬時、判断に迷った。

ナイフではなく、ハンドメイドルアーを握り締めている弟。だが弟が僕に対しての殺意を抱いていることは明らかだし、ルアーの釣針で攻撃してくる可能性も皆無ではない。弟の思考回路は僕の創った「修作」のそれと同じはずで、だとしたら彼はもうすぐ発狂するはずで、自分自身の狂った意識に気付かないはずで、だから僕は弟の目を醒まさせてやらなければならないはずで……。

自らも混乱に陥りそうになりながらも、僕はなんとか正常な判断を下し、行動した。ノーガードの状態で油断していた弟の脇腹に、膝蹴りを入れた。続けざまに鳩尾《みぞおち》に突きを、左脚の横股に蹴りを放った。弟は呻くこともできないまま、不様《ぶざま》に床にへたり込んだ。今度は簡単だった。すべてが、道場で習った通りの手順だった。

「痛えなこの野郎……。ああ、畜生」

涙を流しながら弟は僕を睨んできた。その歪んだ顔の鼻柱に、裏拳を思いっきり強く打ちつけた。弟は激痛で鼻を押さえながらも、僕の方を向いて口を開いた。

「こんなことしてタダで済むと思って……」

大声を出そうとしたその口を、爪先で蹴りつけた。足裏に、弟の歯型がつく。

弟は口から血を流しながら、真っ赤に充血した目で僕の方を見つめてきた。

「ご、ごめんよ、兄貴……。ゆ、許してくれよ。俺が悪かった。あ、兄貴はまともな人間で、おかしいのは俺の方だよ……」

弟の言葉を聞き流し、こめかみに膝蹴りを加えた。僕の許しを請うために、思ってもいないことを弟が口にしているのは見え透いていた。

僕は弟を、己に対して盲目である状態から救い出さなければならなかった。弟に、己が狂人であることを理解させねばならなかった。僕が書いた小説の中の「修作」は、現実の世界での己の姿であると気付かせなければならなかった。

「た、たすけてくれよ、兄貴……」

弟が土下座をした。その言葉通りに、僕は弟を助けようと蹴り、突きを繰り返した。それでも弟は盲目のままだった。目を見れば、すぐにそう判断できた。

「に、兄ちゃん！」

弟が場違いな、不自然な叫び声を上げた。訝《いぶか》しく思って僕が首を傾げたとき、両親が寝ている隣の和室から、だれかが半身を起こすような音が聞こえた。そのとき悟った。弟が叫んだ理由。両親に助けを求めたのだ。

悟ってからの僕の行動は一変した。両親が起きる前に片をつけねば。弟を無理矢理立たせ、鼻柱を再び殴った。鼻血を出した弟の鼻は不自然に曲がっていたが、僕は続けて肝臓を膝打ちし、太股の横を左右蹴りつけ、弟を再起不能にした。泣きながら顔を痛みで歪ませている弟に、僕は執拗に攻撃を加えた。血を床に垂らしながら、弟は「修作」のように喚き声を発していた。

突然、和室のドアが開く音が響いてきた。僕はとどめを刺さねばと焦り、慌てて弟の脇を絞め、一本背負いをした。弟はスチール棚の角にぶつかり、頭から床に激突した。そして、そのまま動かなくなった。

すぐに部屋に入ってきた両親によって、弟はただちに車で病院に運ばれた。あの総合病院は早朝には診察を受けつけていないため、隣街の大きな病院まで両親は車を飛ばしていった。だれもいなくなった家で、僕は朝日が昇るまで小説の推敲を行っていた。弟が束の間笑った理由は「黒冷水」を削除したかららしかったが、ハードディスクがクラッシュした場合に備えてちゃんとフロッピーディスクにバックアップをとっていたため、弟の「復讐」など屁より無害だった。僕は六時五十分に、いつも通りに学校へ行った。

弟を病院送りにしてから二十三時間ほど経って、今に至る。

印刷された原稿に目を通すのを中断した。薄ら寒いのでストーブをつけたい気もするが、それほどの室温でもない。中途半端な寒さだ。結局、寒さに対して無視を決めこむことにした。ドタドタと階段を下り台所で牛乳を飲んでから、またドタドタと自分の部屋に戻った。弟は入院しているし両親は付き添って泊まっているしで、家には僕しかいない。早朝に大きな足音を立てても特に問題はない。

両親が医師から聞いた話では、弟はまだ意識不明だという。その話を僕が聞いたのが約九時間前、昨日の午後七時だったから、もう回復している可能性はある。だが。

両親は昨日、夜中に病院から帰ってきても、僕のことを叱りつけなかった。僕は「黒冷水」を読ませて事情を説明しなければならないかなと思っていたのに、母は力なく「兄弟喧嘩なんだから、お兄ちゃんが手加減しなさいよ……」と言っただけだった。二人ともそれ以上なにも言ってこなかったので、僕は弟が危険な状態であることを理解した。

「黒冷水」を書くに至った日のことを思い出す。

ある日の夜、僕は風呂から上がって家族兼用の携帯電話のメールチェックをしていた。零時を過ぎていたので両親は共に床に就いていた。普段はもう寝ているはずの弟も、その日はダラダラと起きていた。翌日が土曜日で、通っている中学が休みのためだった。僕の通っている高校は土曜日でも授業があるため、僕は度々弟の学校の週五日制を馬鹿にしていた。

そんなこんなで僕は携帯をいじり終え、ソファに座って「タモリ倶楽部」を見始めた。するとCMに入ってから、弟が珍しく声をかけてきた。

「携帯貸して」僕にあまり関わりたくないかのように、弟は素早くそう言いきった。なるほど、僕の膝の上には携帯が置かれたままになっている。僕は黙りながら弟に向かって携帯を投げ渡した。だが適当に投げたためか、携帯は弟を大きく飛び越え、ソファの後ろに墜落した。思った以上の大きな墜落音に驚いたが、「空耳アワー」が始まったのですぐに意識をテレビに向けた。

「っざけんじゃねえよどこ投げてんだ！　頭おかしいんじゃねえの？」

弟が不快感を露わにして突然言った。

頭おかしいんじゃねえの？　弟の常套句に、僕はなぜだか過敏に反応した。怒りゲージは一瞬で満たされ、迷うことなく立ちあがった。携帯をいじくりだした弟の顔面に向けて、鋭いキックを放った。だが既《すんで》のところで思いとどまり、足の爪先を引っ込めた。弟の額から数ミリの距離まで接近してから、僕の足は別の軌道に乗り空気を裂いた。

弟は目を剝いて驚いていた。だが恐怖の表情はすぐに怒りの表情に変わった。

「あぶねえじゃねえか、なに考えてんだ、っざけんじゃねえぞ！　死んだほうがいいんじゃない？　ったくなにしてんだよ！」

興奮しながら怒鳴り散らす弟を相手に、僕は、

「見りゃわかるだろ……」

と意味不明な言葉を吐き捨てただけだった。体中に黒冷水が広がっている最中で、反撃の言葉も考えられずにいた。呼吸を荒くしたまま、僕は自分の部屋に逃げ込んだ。

弟の頭を本気で蹴ろうとしていた自分に驚いていたし、弟に言い返せなかったことの

悔しさで狂ってしまいそうだった。弟の頭をもし蹴っていたならば、弟が脳震盪を起こして気絶していたのは確実だった。それを一瞬で判断して攻撃中断した僕に対し、弟は罵声を浴びせてきた。怒りと驚きのあまり、僕は言い返せもしなかった。今更のように、弟への膨大な怒りに僕は包まれた。怒りで、憎しみで、悔しさで、その夜は眠れそうもなかった。弟が二階に上がってきてベッドに潜りこむ音が聞こえたとき、僕はその日は寝ないことにした。弟と同じ部屋で寝るなんてまっぴらだった。

なにか今すぐにでもできる仕返しはないか。そう思って部屋の中をうろつき回っているときだった。

机の上に置いてあった、買ったばかりの大学ノートが目についた。僕はごく自然に、導かれるようにして先ほどの出来事を事細かに記していった。弟の行動、発言、僕が感じた苦しさ、怒り。

書き出してみると、その日だけの怒りのエピソードでは筆が止まらなくなった。昨日感じた怒り、一昨日感じた怒り、一週間前、一ヶ月前、数年前のあのときに感じた怒り……。断片的に、際限なく弟への怒りのエピソードを書き連ねていった結果、気が付いたら夜明けを迎えていた。

そのとき、自分の心がいくらか軽くなっているのを感じた。

思えば、弟に対する怒り、悩みを、だれかに聞いてもらったりしたことなど、ただの一度もなかった。どうやら書くという行為が、だれかに話すという行為の代わりになったらしい。

その日から、弟に対して怒り、憎悪、殺意を抱く度に、大学ノートに弟の行動、それに対する自分の心情を書き残すようにした。書き残すことで、怒りを風化させないようにした。そして矛盾したことだが、怒りが風化しないという安心感のおかげで、僕は心の中から弟への怒りを毎日、少しずつ吐き出していくことができた。

だがやがて、大学ノートが半分ほど埋まった頃、僕はそれだけでは怒りを充分に吐き出せなくなっていた。一日のうちに生み出される弟への怒りの量が、書き残すことにより排出される怒りの量をオーバーし始めたのだ。

毎日、ただエピソードを書くだけ。他人に読ませるわけでもなく、自分だけが読み返すために書いている。忘れかけていた怒りも、読み返すことにより鮮明に思い出される。そして苦しむ。僕がどんなにノートに恨みつらみを書いても、弟はそんなことなどつゆ知らず、だれからも心のダメージを受けず、のうのうと生活している。

僕はある日、気付いた。

より多くの人々に、この暗澹たる日々を知ってもらわなければならない。

それから僕は、大学ノートを全ページ一気に読み返し、頭の中に強大過ぎる怒りの塊をつくった。そしてキーボードに向かって、エピソードの断片を繋ぎ合わせたものを入力していった。次の日も、その次の日も、少しずつ、エピソードとエピソードを繋げていった。エピソード同士を強引に繋げることを数日繰り返すうちに、やがてそれらは小説を形成していった。

怒りのエピソードの塊が小説として一人歩きし始めてからも、僕は日々のエピソードを大学ノートに記すことを忘れなかった。書けば書くほどに、小説の内容は自分の心境をより反映するものとなった。

同時に、この小説を、より多くの人々に読んでもらいたいという願望も高くなっていった。僕以外、だれも知ることのない、弟の異常さ。この世の中に、彼の異常さを知っている人間が自分しかいないということが、僕自身に途轍もない孤独感をもたらしていた。弟本人も、自身の異常さ、狂気に気付いてはいないのだ。

皆に気付かせるには、僕ら兄弟の暗く絶望的な日常に、光を当てるしかない。多くの人々に僕の小説を読んでもらえば、それだけ僕の正常さが証明される。そして多くの人々に読んでもらうほどに、弟の異常さというものが証明されてゆく。その第一段階として、僕は文学賞に応募するという手段を選んだ。

また、「黒冷水」を書きながら僕は、これで弟への憎しみはすべて吐き切ることができるのではないかと、怒りと憎しみの中にも希望を抱いた。書くことの、小説の可能性に賭けた。

書き終えた今、結果はどうか。

心の中には、重くて掴みようのない黒い雲が漂っているだけだった。すべてを書きつけても弟への憎しみ、怒りは消え去らず、徐々に徐々に、キノコのように再びもとのカタチに戻ろうとしている。弟を現実に病院送りにしてしまった罪悪感で、今はそれが中途半端になっているだけだ。

プリンターは相変わらずマイペースに仕事を続けている。チェックの済んだ原稿を、大封筒の中に入れた。

排出口から、印刷されたばかりの原稿を手に取り、目を通してみる。

少しだけ、気になるところがあった。

青野が所々のセリフで、正気の盲目さというものを無理矢理に指摘したがっている。正気は別に盲目な性格ではないし、青野はヤクの売人という設定だけで充分なはずだ。なんでこんなふうに書いたのかが、自分でもよくわからない。なんだか自分ではないだれかに書かれたような、不思議な感じがする。でもまあ、大した問題ではない。特に直す必要もないだろう。僕は原稿を机の上に置いた。

結局小説の中では、クスリに頼ってしまった。「修作」にクスリを常用させることにより、「正気」とのラストの壮絶な決闘シーンを設けた。クスリが体から抜ければ、「修作」も元通りになる。最後で兄弟愛に目覚める「正気」の成長を描くことにより、希望のある物語として終わりを迎えさせた。

現実はちがう。現実のストーリーに起承転結などは存在しない。

強いて挙げれば結にあたる決闘シーンを、僕は昨日、弟と現実の世界で行ってしまった。だが現実はもっとリアルで狂気を秘めている。昨日僕に殺意を向けた弟は、シラフだったのだ。クスリにより正常な人格を失った「修作」とは違い、「普通」の状態が「異常」だったのだ。

弟を病院送りにしても、それが結にはならない。今日、明日、明後日と、現実の世界は永遠に続く。病院から帰ってきた弟に対し、どう接してゆけばよいのか。僕の心の中では、新たな暗雲が渦巻いている。

いつの日にか、弟は僕が小説を書いた理由、昨日暴力を振るった理由に気付いてくれるだろうか？　僕は殺意を向けてくる弟から生き延びねばならなかったし、弟に己の狂気を気付かせねばならなかった。病院送りにしてしまったのはやり過ぎたかもしれないが、それは正当防衛であると同時に必要悪であって、弟のためにはそうするしかなかったのだ。今は己に対し盲目な弟だが、僕が書いた「黒冷水」によって、いつか必ず救われるはずだ。だが――。

ひょっとしたら、弟はもう、帰ってこないかもしれない。両親の昨日の表情を思い出せば、その考えも大袈裟ではないと思える。なにしろ頭から床に激突したのだ。脳に損傷を受けてもおかしくないし、延髄に傷を負った可能性だってある。しかもまだ、弟が意識を取り戻したとの連絡はない。意識を取り戻し次第連絡すると、父は僕に言っていた。

途端に寒気を感じた。

自分はとんでもないことをしてしまった。弟を死の淵に立たせるだなんて。

目をつむり、手を合わせて祈る。

ごめん、僕が悪かった。

どうか生き延びてくれ。

また元気な姿で帰ってきてくれ。

手足がガクガクと震えている。怖い。弟が死んでしまうのが怖い。僕は今、取り乱す直前にまで心を震わせている。

頼むから帰ってきてくれ。

僕のためにも、どうか生き延びてくれ。

おまえが死んでしまえば、僕の経歴に前科者としての傷がついてしまう。

解説　こいつらって何者!?

斎藤美奈子

『黒冷水』は二〇〇三年の第四〇回文藝賞受賞作である。

受賞当時、作者の羽田圭介くんは高校三年生、まだ（というべきだろうやはり）一七歳だった。一七歳という年齢は、小説を書きはじめる年齢としてはけっして早すぎないと思う半面、「あなたはもう一人前の書き手なんだから勝手におやり」と無責任に送り出し、あとはバイバイというわけにもいかない、そんな微妙な年齢だ。

というわけなので、このときの文藝賞の選考に携わった私たち選考委員（田中康夫氏、藤沢周氏、保坂和志氏、斎藤美奈子）は、一方では『黒冷水』の受賞を決定し、若い作家の誕生を喜びながら、じつは心配もしたのである。

それはこの作品の物語内容とも、たぶんにかかわっている。『黒冷水』の内容をひと言でいえば「兄弟バトル」だ。兄弟の確執は小説にもたびたび描かれてきたテーマではあるものの、『黒冷水』の場合は確執なんて立派なもんじゃなく、子どもっぽい兄弟げんか、しかし、ときに「戦争」と呼びたくなるほどの、執拗な、陰湿なけんかである。

作品本位の選考を終え、本人にも受賞が伝えられ、「あそこがおもしろかったねえ」

などとひとしきり感想を述べあった後、ふとはじまったこんな会話。

「でもさ、羽田くんにもし弟がいて、これを読んだら傷つかないかい？」

「兄が高校二年てことは、作者の実年齢とほとんど同じだしね」

「いや、親御さんもショックを受けるかもしれないなあ」

「もちろん、つくり話であることはわかるとしても……」

「このまま発表しちゃって、だいじょーぶっ⁉」

過保護な態度と笑わば笑え。当然とはいえ、私どもは小説には作者の実生活が反映されていると考えるほどナイーブな読者ではない。しかしながら、それはそれ、これはこれ。このときは本当に心配したのであり、逆にいえば、『黒冷水』にはそのくらいのリアリティとスリルが備わっていたのだ、といえるかもしれない。

結論からいうと、すべては杞憂だった。羽田圭介は（ここからは呼び捨てで行くけれど）、たいへん自覚的に小説を書こうとしている作家であり、聡明な高校生であり、ついでにいえば周囲との関係も良好で……つまり勢いに任せて小説を書いて新人文学賞に応募してみた、そんな覚悟の足りない書き手ではなかったのである。もちろんそんなことは、作品を読めば予想できることではあったのだが。

さて、そこで『黒冷水』。これは特に解説を必要とする小説ではないだろう。〈なにが出るかな、何が出るかな〉という人を食った出だしから、読者は物語世界にひきこまれ、あとは一気呵成に最後まで読んでしまうにちがいないからだ。

　この小説の最大のおもしろさは、やはり兄と弟の、まさに「正気とも思えない」壮絶バトルの場面だろう。弟の修作は中学二年生。留守中に兄の部屋を物色し、兄の秘密を盗み見ることを至上の喜びとし、しかもその痕跡は完璧に隠蔽《いんぺい》できると自負している。しかし、そこはしょせん中学生（いまどきのコトバでいえば「厨房《ちゅうぼう》」っていうやつか）。高校二年生の兄、正気から見れば、弟の隠蔽工作などはバレバレだ。弟が弟なら兄も兄で、そのくらいは幼稚な悪戯《いたずら》とみなして見逃してやればいいものを、弟の行為が許せぬ兄はあの手この手で復讐を試み、ついに二人の関係は後戻りできないところまでエスカレートしてしまうのである。

　犬も食わない（？）兄弟げんかで、ここまでやるか⁉　とだれもが思うはずであり、そして小説っていうものは、異論はあるだろうけど「ここまでやるか⁉」というところまで書かなきゃ、ほとんどなんの意味もないのだ。

　さらに私がおもしろいと思うのは、互いの威信をかけ、あらん限りの技と知恵を尽くしてくり広げられるこの「戦争」が、家庭という狭～い場所からじつは一歩も出ていないことである。二人の戦士が恐れる相手は両親だし、兄が弟に決定的なダメージを与えたとして哄笑する攻撃は隠しカメラで撮った弟の自慰のシーンだし、二人の戦士が本気であるだけに、この設定は少し冷静に考えるとおかしくて、ドメスティック・サスペンス・ホラーという新ジャンルと呼んだらどうだろうか、などとふと考える。あるいは、実際の戦争も、フタを開ければこのぐらい滑稽なのかもしれないなと。

とはいうものの、滑稽なエンターテインメント文学だなんて思えない。あちこち痛くてとても冷静には読めないよ、という人もいるだろう。

そこが『黒冷水』の、じつは侮《あな》れない点なのだ。

フィジカルな手でくる弟の修作と、知恵者ぶりを発揮して反撃に出る兄の正気。幼稚な弟と冷静で賢い兄。と見せかけながら、はたして正気というこの少年は、高校二年生にしては非常に幼いのではないか、という疑念が途中から生じてくる。また、弟の修作にしても、子どもっぽい悪戯からスタートしていたはずなのに、これまた後半、「えっ？」という感じになっていき、物語は思いがけない展開を見せるのだ。

そんな二人の結節点に立っているのが、青野という不気味な少年の存在である。〈「なにムキになっているんだよ、高見澤さん。イタイところを突かれたから暴力を振るおうとするなんて、自らの美学に反するんじゃないんですか？　あんたはもともと冷静なんでしょう？」〉などと〈値踏みするような視線〉で、高校生の先輩に意見するこの中学二年の少年は、いったい何者なのだろうか。

そして、この意表を突くラスト！　《完》の記号とともにいったん終わったとみえた小説が、ゾンビがよみがえるかのごとく再び立ち上がり、あたかも「本編」を異化し、あるいは反復するかのように、もう一度新たな結末に向かって走りだす。

この結末のつけ方には賛否両論あろう。しかし、余計な尾鰭《おひれ》ともみえる最後の章を付け加えずにはいられなかった、そこに羽田圭介の可能性があるのだと私は考える。〈なにを自分は難しく考えていたのだ。傷つけられたら、怒りを覚えたら、自分の感情に正直に、相手に牙を剝いてしまえばよいのだ。正気は興奮を隠せずに、そう思うやいなや駆け出した〉

ここは正気が改悛する瞬間であり、もしここで小説が終わっていたら、物語は大団円を迎え、『黒冷水』はよくできた物語としてキレイに完結しただろう。しかし、作者はそうしなかった。思うに、ここで終わったら、正気も修作もそして青野も、物語を進行させるための道具、ただのキャラクターで終わってしまうからである。読者をたとえ戸惑わせ、または白けさせても、兄と弟をもう一度小説に呼び戻し、そのことによって読者を宙づりにする。結果、読者は「あー、おもしろかった」という満足感のかわりに、「こいつらって何者⁉」という不信感の中に再び連れ戻されるだろう。

『黒冷水』は読者をやすやすとは解放しない。「痛い」と感じさせるのはそれゆえだ。そして小説っていうものは、これも異論はあるだろうけど、読者を痛いと感じさせ、戸惑わせるくらいじゃなければ、なんの意味もないのである。

本書は二〇〇三年一一月、単行本として小社より刊行されました。

黒冷水《こくれいすい》

二〇〇五年一一月一〇日　初版印刷
二〇〇五年一一月二〇日　初版発行

著　者　羽田《はだ》圭介《けいすけ》
発行者　若森繁男
発行所　株式会社河出書房新社
〒一五一－〇〇五一
東京都渋谷区千駄ヶ谷二－三二－二
電話〇三－三四〇四－八六一一（編集）
〇三－三四〇四－一二〇一（営業）
http://www.kawade.co.jp/

ロゴ・表紙デザイン　粟津潔
本文フォーマット　佐々木暁
本文組版　KAWADE DTP WORKS
印刷・製本　中央精版印刷株式会社

Printed in Japan ISBN4-309-40765-X

リレキショ

中村航　40759-5

“姉さん”に拾われて“半沢良”になった僕。ある日届いた一通の招待状をきっかけに、いつもと少しだけ違う世界がひっそりと動き出す。第39回文藝賞受賞作。解説＝GOING UNDER GROUND 河野丈洋

美女と野球

リリー・フランキー　40762-5

小説、写真、マンガ、俳優と、ジャンルを超えて八面六臂の活躍をするイラストレーター、リリー・フランキー！　その最高傑作と名高い、コク深くて笑いに満ちたエッセイ集が、ついに待望の文庫化。

学校の青空

角田光代　40579-7

中学に上がって最初に夢中になったのはカンダをいじめることだった——退屈な日常とおきまりの未来の間で過熱してゆく少女たち。女の子たちの様々なスクール・デイズを描く各紙誌絶賛の話題作！

東京ゲストハウス

角田光代　40760-9

半年のアジア放浪から帰った僕は、あてもなく、旅で知り合った女性の一軒家を間借りする。そこはまるで旅の続きのゲスト・ハウスのような場所だった。旅の終りを探す、直木賞作家の青春小説。解説＝中上紀

私の話

鷺沢萠　40761-7

家庭の経済崩壊、父の死、結婚の破綻、母の病……何があってもダイジョーブ。波乱の半生をユーモラスに語り涙を誘う、著者初の私小説。急逝した著者が記念作品と呼んだ最高傑作。解説＝酒井順子

インストール

綿矢りさ　40758-7

女子高生と小学生が風俗チャットでひと儲け。押入れのコンピューターからふたりが覗いた〈オトナの世界〉とは!?　史上最年少芥川賞受賞作家のデビュー作＆第38回文藝賞受賞作。

著訳者名の後の数字はISBNコードです。頭に「4-309-」を付け、お近くの書店にてご注文下さい。